文学街

精選作品集

郁朋社

文学街　精選作品集／目次

スサノオとエビスの結婚祭り　福島　昭午［北海道］　6
あの後で　牛島　富美二［宮城県］　19
詩　笹原　実穂子［北海道］　29
あこがれ　八木　美和子［茨城県］　40
大手町の雨　中澤　秀彬［千葉県］　49
漱石『坊ちゃん』に登場する婆さん達の正体　相川　良彦［千葉県］　59
房江の思い出　福島から……　たいら　これしげ［東京都］　73
フリー・エアー　片山　龍三［東京都］　84
「昭和者がたり」ですネン　土井　荘平［神奈川県］　97
詩　三編　山中　知彦［東京都］　112
壁　上遠野　秀治［山梨県］　122

詩＝三篇　みずしな　さえこ［愛知県］132
詩・三篇　おしだ　としこ［愛知県］139
カマちゃんの夢　たかはし　ゆみこ［香川県］147
みんな夢でありましたか　ヨシオくん　橋　てつと［鹿児島県］159
四季折々の恋歌留多　―春・夏・秋・冬―　中園　倫［鹿児島県］174
おもらい　さん　たぢから　こん［福岡県］184
東京オリンピックと四十年不況　吉岡　昌昭［埼玉県］199

装丁／宮田麻希

文学街

精選作品集

小説

スサノオとエビスの結婚祭り

福島　昭午

笹戸敬郎が村の中学校へ転任した時、炭鉱は完全閉山したあとだった。

半島沿岸の村々は、かつてはニシンの千石場所であった。豪壮なニシン御殿が軒を並べていた。しかし、昭和になってからニシンは消え去った。ニシン景気は消滅した。ただ夕陽の美しさと奇岩怪石に修飾されたリアス式海岸、神威ブルーと呼ばれる海の色だけがとり残された。

半島の根っ子にあたるこの村はそれでも安政年間に発見された炭鉱があり、戦中戦後の増産時期には、八千人の人口を抱えていた。夜間、沖の漁船から見ると、炭鉱や炭住の灯りが眩しく見え、不夜城とさえ言われていた。ニシンは去ったが、炭鉱があり、その炭鉱景気は漁の薄い近隣町村からはうらやましがられていた。村は何かにつけ炭鉱に依存していた。だが、黒いダイヤも埋蔵量に限界がある。戦中戦後の増産期には掘り過ぎて陸から海底への深部採炭へと進み、採炭のコストが倍増した。追いかけるようにして、国策であるスクラップ・アンド・ビルド政策により、石炭から石油へ切り替えられ、需要の切り捨てとなってしまった。閉山するしかなかった。K炭労も団旗を焼いて解散した。人口八千人以上もいたという。実際はタコや強制連行されてきた朝鮮人など加えると一万はあったとも言われていた。K地区の炭鉱関係者は村を去って行った。毎日引っ越しのトラックが列をなした。人口の雪崩現象的流出状態が起きた。八千とも一万とも言われた村は数年のうちに三千を切った。村は完全過疎地となった。浅海漁業者らの多くは兼業を強いられ季節労働者として本州の工場で働き、妻子を養っていた。子どもたちは中学卒業後、二割の進学者。のこりは就職希望であった。中卒者は金の卵と言われていた。

笹戸敬郎の目から見ると、過疎村にはなったが、むしろ漁村としての狭雑物が排除され、元の漁村に還っただけのこと。何も残らなかったわけではない。素朴な村の素朴な義理人情が絆を強めていた。それが子どもたちに反映してか、少年少女たちも純情可憐だった。敬郎はそんな村をむしろ好ましく思っていた。

K地区は分水嶺のせせらぎを集め、一本のK川となって裏の浜と呼ばれている浜へ三角形の砂州をつくっていた。上流の両側に炭住群があり、劇場があり、数か所の浴場もあり、生活用品の配給所のほか、何軒もの商店もあって賑わっていたという。さらに、遡れば選炭場の朽ちた木造塔が見える。その奥に坑口があって、周囲に大小のズリ山が聳えていた。川の両側に密集した民家が並んでいた。だが、もはや人々が消えると同時に多くの建物も消え去っていた。風の強い夜、ズリ山の紅色の火が舌舐めずりしているのが遠望できる。

Ｋ地区はその左右と上下に四区分されていた。しかし、上流両側は閉山後は炭住群も無人の廃墟となり、炭鉱関係の建物の多くは解体されてしまうと、街灯もない場所に数十戸ほどが取り残されてしまった。人がいなくなると、山から熊が降りてくるようになった。加えて幽霊が出るという噂も広がった。上に取り残された人々はたまらず、下の空き家へ移ってきた。空き家はいくらでもあった。笹戸敬郎の借家も、空き家の一軒だった。川縁にあったが、川の向かい側にエビス神社の鳥居が見える。石の階段はかなり急坂で、登り切ると拝殿があった。明治以前に建てられたと聞くだけに、潮風に晒された木部の肉は剥ぎ取られ血管のような固い筋が浮き出ていた。京都から呼んだ宮大工の手によるものだけあって、古いがいかにも由緒ありげに見える。神主はいない。祭りには本村の稲荷神社から出張してくる。

初夏六月の漁閑期になると、半島沿岸の町村は一斉に祭りが催される。エビス神社も六月だ。年に一度の村祭りは人々の心を浮き浮きさせるものだ。奉賀帳が回ると、寄付金も不相応な金額を書いた。

笹戸敬郎が着任して五年目、今年は格別な珍祭になるらしい。

山の上にポツンと取り残された炭鉱神社の氏子が僅かになってしまった現在、祭りどころか、四季の催事さえ面倒を見るものがいなくなった。この神殿は漆塗りの金箔押菊紋章付の豪華な造りである。能登輪島五十里神具師が精巧に仕上げ、献額は榎本武揚の寄進によるものだった。神社の主神は「山神《さんじん》さん」と呼ばれていた。

孤独な山神《さんじん》様をこのままにしておくわけにはいかない。元炭鉱労組の書記長だった田山大三郎は村会議長をしていた。彼は以前から孤独な神をどうしようかと考えていたが、祭政一致を禁じられている戦後であるから、議会に諮ることもできない。

ところが、K地区の祭りに多額な寄付の申し入れがあったという。氏子代表から、すでに古老の身となった元の関係者に相談があった。彼らは打ち揃って田山大三郎を訪ね、多額な寄付金もあることだし「山神さん」を下のエビス礼と合祀させる労をとってくれと頼んだ。エビス社の氏子も少なくはなったが、海岸沿いの漁家たちが祭りを主催している。漁師たちの了解を得なければならない。

「よし、分かった。俺に任せてくれ」と田山は胸を叩いてみせた。田山には目算があったのだ。多額の寄付を出すというのは、電力会社だろう。祭りのため、各戸から集める寄付金総計の五倍以上の額が示されていた。金の事を持ち出せば漁師たちも嫌だとは言うまい。田山には原発建設に関わった金だとすぐ判った。（これを機会に電力会社から俺の経営する土木会社に何らかのメリットも引き出せる）という計算が働いた。そのうち電力会社から議長としての田山に接触があるはずだ。

間もなく、洒落たデザインの街灯が村内に建ち始めた。K地区の上の無人地帯まで明るくなった。砂利道も舗装された。「金が山ほど入るんだとよ」「いっぺえ呑めるな」「なにしろ、山神《さんじん》さんとエビスさんの結婚式だもな」「めでてえことだべ」と村人は屈託なく喜んでいる。金の出どころは深く詮索しない。

六月になると、祭りの準備に入った。K地区ばかりでなく、「山神さん」と「エビスさん」の結婚式のお祭りだから盛大にやるという話がパッと広まった。山神さんとはスサノオだというから、啓郎は、〈ホモ祭りになるのかな〉と苦笑した。

地区集会所で、合祀祭の説明会があるという。この珍祭に好奇心もあって啓郎も出席した。説明会には氏子代表として、炭鉱神社側は田山大三郎、恵比寿神社側からは網元の神田吉蔵がそれぞれ挨拶をし、それから本村の稲荷神社の神主が、恭《うやうや》しく、両社の祭神の出自を長々と述べた。高天原から始まり、イザナギ・イザナミまで遡ってヒルコ神話の話、天の岩戸事件、出雲の国譲り、スサノオの追放までぼそぼそと語る。あまりにも長くくどい話し方に聴衆からわざとらしい欠伸が聞こえた。要するに蛭子と書いてエビスと読み、これが漁業の神となったということだった。ところが、炭鉱神社は岩木山神社を分祀したなら主神は、他の炭鉱神社と同じく、オオワダツミでなければならない。それをスサノオとして解説したことに啓郎は疑問を抱いた。啓郎の常識から外れる。主神にもう一柱のオオクニヌシもいるのだから、その係累としてスサノオとしてもおかしくはないこじつけだが、他県の山神社と異なる。村民は「山神《さんじん》さん」と呼ぶだけで詳しいことはどうでもいいのかも知れない。神主の長話が終わってから、山神さん巡行のおりの掛け声の指導が始まった。本年の祭りにはこの歌を歌ってほしいという。元炭鉱に勤めていた氏子の五人が前に出、口移しに歌い方を伝授するのだ。集まった氏子たちは話より歌の練習に興味を持ったようだ。

「サエゴ　サエゴ　ドッコイ　サエゴ　オヤマハ　サンダイ　ドントセ　サンダイ　ナムキンミョウチョウダイ」何語なのかさっぱり解らない文言だが、啓郎はその節回しや、呪文のような文言に、（はて、どこかで聞いたはずだが）と首をかしげた。すぐには思い出せない。純朴なエビスの氏子たちは次第に声を大きくして唱和した。例年のエビス社巡行のときは、沖あげ音頭だけだった。

啓郎は、山神巡幸の掛け声が気になっていた。説明会のあと、自宅でしばらく腕を組んでいた。ハッと思いついた。つい十日前、修学旅行を終えたばかりである。三泊四日の日程での弘前・十和田方面だった。バスガイドが、岩木山が見えると、岩木山神社参詣のおり、山を登りながら歌っていくのだと生徒に披露した。ガイドの歌詞も節回しも村の練習歌と若干異なる。

「サイギ　サイギ　ドッコイ　サイギ　オヤマサ　ハツダイ　コンゴウドウサ　イジニナノハイ　ナムキミョウチョウライ」。これはテープに録ってあるので繰り返し聞いてみた。旅行社が配った「修学旅行案内」に岩木山神社講の解説があったのを見逃していたのだ。元歌は山岳修験者の呪文である。修験者たちの山岳修行は、一旦この俗世と別れ、山に入ることにより再生を願うものと聞く。

「懺悔　懺悔　六根　懺悔　御山八大　金剛童子　一一礼拝　南無帰命頂礼」とある。当たり前に読むと、「ザンゲザンゲ　ロッコンザンゲ　オヤマハチダイ　コンゴウドウジ　イチイチライハイ　ナムキミョウチョウライ」となるはずだが、バスガイドは懺悔を「サイギ」と歌った。それが説明会では「サエゴ」と変化していた。案内書の解説では、津軽弁で訛ったと伝えられているとある。「ドッコイ」は「ロッコン」が津軽風に訛ったものともあった。村の先祖は津軽・南部出身者が圧倒的多数派である。分祀と供に津軽訛の文句が村へ伝えられたおり、さらに村風に訛ってしまったのだろう、と、啓郎は納得した。それにしても懺悔がサエゴになるのは言語文化の伝播として面白いものだと啓郎は思う。東北地方には古語が方言化して温存されているという。

　山神さんが山を降り、エビス社に収まるのは深夜に行われたそうだ。雇の神主、禰宜、出仕らの手によって作業を進め、氏子代表が付き合う。蝋燭の灯りだけの、いずれも闇の中で行われるし、「おーーー〜」という警蹕《けいひつ》の声を神主があげると皆平伏する。何がどう行われたかは誰もわからないうちに山神さんはエビス社に移り、（たぶん社に収まったご神体は鏡であろう）。そして、振り回される神輿には憑《より》代《しろ》の榊だろうと啓郎は推察した。鏡だと壊れてしまうからだ。

当日の午前十時、神輿は社の階段を降りた。先頭は一本歯の足駄の猿田彦だが年男の安さんと呼ばれる大男が天狗の面を着けている。その後ろに御幣持ち、獅子頭、徒歩《かち》の衣装を着た古老連中、そして神輿と続く。神主や禰宜や氏子の幹部は軽トラに乗っている。二台目の軽トラには笛、太鼓、鉦打ちといった連中。子ども神輿がちょっと離れてあとをついてゆく。神輿は小ぶりながら重い。一部破損したり塗りが剥げたりしていたので、京都へ修理に出したとか。さぞ修理代は高額だったろう。それも電力会社からの寄付で賄われたらしい。井桁に組んだ担ぎ棒は布を巻きつけている。担ぎ手の肩に食い込むからだ。担ぎ手は前後左右に四人ずつの十六人だ。

神輿は「ワッセ、ワッセ」と掛け声を挙げながら家々を巡る。雑貨屋とか、床屋とか魚屋、米屋の商店や、地区の有力者の家の前は休み所をしつらえていた。担ぎ手は神輿を放り投げるようにして「ワッショイワッショイ」とその家の祝福の声を挙げ、そこで小休止する。その都度肴とお神酒が振舞われる。夕刻間近になると、担ぎ手の足もよろけ出した。なにしろ、休み所の二十か所も回るとお神酒もどれだけ胃の腑に入ったかわからない。狭い道路を左右いっぱいによろけながら、疲れると座る。座るとまたお神酒だ。六月は日が長い。それだけ酒が多く入ったことになる。だが、神輿担ぎは重労働だ。汗が酒気を体から抜いてゆくのも早いのだろう。誰かが「セーノ」と掛け声をかけると皆一斉に立ち上がる。それから「ワッセワッセ」と声を合わせながら浜へ向かう。あれだけ呑んだというのに、裏の浜めがけて担ぎ手は駆ける。見物人も後に続いて走る。啓郎も走る。駐在も走る。古老らはついて行けず鳥居前で道路に座りこんでしまう。神輿は遠浅になっている海へ入る。そこで、沖あげ音頭の掛け声を挙げる。「オースコイ、ドオスコイ、ヨイヤサ、アラ、ヨイヤサ、エンヤサ、ドットコセ……」担ぎ手の合唱は夕日の没したあとの空に響く。この風景を啓郎は一種のセンチメンタルな感情を抱きながら見る。

例年のエビス社の祭りなら、このミソギのあと、神輿は鳥居前まで戻り、一休みした後、演技めいた所作とでも言おうか、神輿は鳥居をくぐるかくぐるまいか、行きつ戻りつしながら、やがて神輿の鳳凰が鳥居を過ぎると一気に階段を駆け上がるのが例年の慣習だった。それが午後八時ころになる。見せ場はそれで終わる。

ところが、今年は違っていた。ミソギのあと、「ワッセワッセ」と鳥居前を過ぎ、逆走してしまった。やたらと、小路に入ったり、浜と逆方向の山のほうに駆けだしたりして手が付けられない。暴れ神輿になってしまった。普通、神輿の先導は天狗面を着けた猿田彦で、神輿は猿田彦を追い越してはならないという不文律がある。それなのに、神輿は勝手に動く。猿田彦役の安さんは、足駄を錫杖に掛けて担ぎ、右往左往している。天狗面の鼻が背中に回っている。獅子頭はやたら女を追いかけ、口をパクパクさせている。一人が捕まった。顔を見て「なんだ婆さんか」「スケベなお獅子」と婆さんがやり返している。すでに八時を回ってしまったというのに、神輿は暴れまくっている。どうやら山神さんが担ぎ手にとり憑いたか。

「どうしたものかのォ」田山と神田を中心にして古老たちが相談をし始めた。ああだこうだと言い合って結局は山側に消防車を置き道路をふさぐ。浜側は古老たちら数十人が座り込みをし、神輿を挟み撃ちにすることにした。

それが功を奏した。囲みをじりじりと狭め、神輿を鳥居下へ誘導させてしまった。担ぎ手は鳥居前の広場でトグロを巻き、座り込む者や大の字になって、イビキをかくやらしていたが、婦人会からオニギリの差し入れがあった。「うめえ」と声が挙がる。イビキをかいていた者も起き上った。朝から酒ばかりの身に、オニギリはこの上なき美味であるらしい。そのときである。頃合いはよし、山神の氏子たちは神輿の担ぎ手を取り囲み、「さあ、練習したお山参詣の歌だぞ、いいかオラたちのあとに続けて歌えや」と怒鳴った。「おう、歌でも鉄砲でも持って来い。早くやれや」と応じる者もいる。かがり火の元、「サエゴ　サエゴ　ドッコイサエゴ……」が始まった。手拍子を打ちながら見物衆も古老たちの後に続く。単純な歌詞だが、繰り返していくと声も次第に高まる。それが最高潮に達したとき、突然、天狗の安さんが大声で歌詞を変えてしまった。なにしろ村一番の大男だけに声も大きい。「○○エー、○○エー、デッカイ○○エー、ドントオヤマは○○エー」なんと、性器賛仰の歌だ。見物人は笑い転げる。だが、安さんの後に続いて「○○エー」が始まった。声は次第に手拍子と共に熱気を帯び、大きくなってゆく。そして子ども大人も声を和して大合唱となってしまった。ついに、歌い疲れると、安さんは「もういいべ。上がるぞ」と指図した。神輿は粛々と階段を登った。午後九時半スサノオとエビスは無事社殿に収まった。かくて、北国の村の短い夏が始まる。

祭りのあと、田山大三郎は原発建設推進に氏子たちを説得し始めた。反対派の啓郎たちと村を二分する戦いが待ち受けていた。膨大な金の入る原発建設を巡って、素朴な村人が金に目が眩み、次第に変わっていくとは夢想もできなかった。
巨大な黒い影が村を覆い始めていた。

小説

あの後で

牛島　富美二

古稀同期会に出席してみると、もっぱら東日本大震災の話題でもちきりである。

「とにかく外へ出ようと思ったさ。ところが玄関ドアが開かないんだ。そんでもガチャガチャいじってたらよ、側の棚から額やら靴やら傘やらが飛び出してきてさ、ほら、そん時の傷だ」

そう言って左頬を指差している者。なるほど黒ずんだ痣になっている。

「分かる、分かる。俺はさ、まず部屋のドアを開けて廊下へ出てさ、柱のある角を掴みながら止めろ、止めろって騒いださ。女房は泣き出すし……」

「長かったなあ。十分ぐらい揺れてた感じだったな。居間からはガチャガチャ壊れる音がするし、行ったら足の踏み場もないんだ……」

「うん、うん、それでさ、俺は一人で留守していたんだが、俺の腰を打つものがいるんだよ。ぞっとしたなあ。棚に女房が飾っていたコケシが飛び出して俺を打ったんだな。地震よりも不気味だったぞ。今思えば誰かの合図だったかと……」

聞いているのはたいがい県外に住んでいる者達で、被害をほとんど受けなかった者達である。圭一もそんな会話を耳にしながら、自分の体験も話そうかと身構えてみた。すると目の前でお辞儀をする者がいる。

「圭さんだよね……涼太です」

えっ、と言ったきり、圭一はしばらく絶句していた。顔立ちを確認するまで時を要した。初めて高校時代の同期会に出席したという。それにしても卒業から五十余年を経過した顔ぶれの変貌が甚だしい。何度か開かれている同期会に参加していれば驚きはしないのだが、髪がまるでなくなり、穏やかになっている表情が圭一には信じられないでいた。

「……よく俺だと分かったなあ……」

圭一としては話したくない相手である。

「ああ、受付の人から教えられてさ……なにせ、初めてなんで……そんで……」

奥歯に物の挟まった言い方である。本来なら自分の前に顔を出せる男ではないはずだ、と圭一は忘れていたことをたちまち思い起こすはめになった。それとも、時の経過が、古稀という年齢がそれを忘却させろということなのかとも一瞬去来した。

涼太は、かつてのような不敵さを顕さず、もじもじしているようにさえ見える。一瞬圭一は、よく俺の前に来たもんだ、と口走った。その声が自分でも意外なほど大きかったせいで、それまで喋っていた者達がふいに黙ったほどである。

「うん、そんでよ……」

圭一は、涼太が言い訳を始める時の口調を思い出すはめになった。二人の関係を知っている者がいて、

「おお、涼太さんじゃないか、よく来てくれたな」

と声をかけた。同時に、

「ああ、聞いたぞ。大変だったそうだな」

と言って傍へ来た者もいる。

「何か、特別なことでもあったのか」

「ああ、彼の家が流されたんだよな、それで両親も流されたっていうことだ。な、そうだよな?……」

そういわれて涼太は頷いた。

「えっ、どういうことだ?……」

思わず圭一がそう聞いた。

「うん、ほら、涼太さんがさ、海の近くに家を作ってさ、両親と住んでいたってことは知っていたからな、そんで、今度の大津波でやられたって耳にしていたんだ」

同期生たちが涼太の周りに集まりだした。女達もいる。

圭一には初耳だった。というより、涼太のことなどは知りたくもないのだった。然し今の話となると、無関心ではいられない。涼太の妻は無事だったのかどうかが気になったせいである。

「あらー、知らなかった。じゃあ奥さんは?」

女の一人が聞いた。

「うん、そんで……」

話し始める時の、涼太の口癖は五十年後も変わっていない。

「涼ちゃんは話しづらいさな、つまり……」

涼太と親しかった友人が涼太の後を引き継ぐような形になった。

「実はさ、涼ちゃんとは時々会ってるんでいろいろ聞いてる」

あの日涼太は勤務先の隣町で外回りの仕事をしていたらしい。車中で大地震に遭い、津波警報を聴いてすぐに家に向かったのだという。降り出した雪の中で渋滞に巻き込まれ、それで途中から近道の林道へ抜け、間もなく家に着く辺りで押し寄せる洪水に出遭った。涼太の家は海に注ぐ川に近い。津波が逆流して川を遡っていた。木々の折れる音が響いている。いつもは澄んでいる水が、真っ黒になって押し寄せてくる。涼太は慌てて車を捨て、小高い丘に駆け上がった。大勢の人が避難中で、丘は叫び声で充満している。涼太は掻き分けるようにして丘の突端に立ち、眼下に自分の家を探した。丘には時々来ていて、そこから自分の新しい家を見下ろしていた。それが見当たらない。というより、家々が津波川の上を勢いよく流れていた。それは涼太にとって信じられない光景であった。落胆とか絶望とか驚愕という心情を超えていた。あっ、あっ、あっという声にもならない音が辺り一面に谺して、涼太も一際高い大声で、ああっ、と叫んだ。すぐ目の下に自分の家が寄せていた。瓦屋根にいるのは両親と妻であるのが分かる。しかも三人とも手を振っているのは、涼太と気づいたかららしい。おおい、と叫んだ涼太の声が届いたらしく、あとをたのむぞう、と父が言ったように涼太には聞こえた。建物はふいに速さを増し、誰の視界からも消えていった。涙も出てこなかった、と涼太は付け加えた……

友人が手短に、時々涼太の確認をとりながら話した。それは、圭一には大きな衝撃であった。涼太の妻の真紀が不帰となったことを知ったことである。

「じゃ今はどこに住んでるのかな？」

「うん、そんで、町の仮設住宅だ」

「そりゃ、不便だな」

「うん、そんでもずいぶんと馴れた」

「一人っ子の娘さんがいるけどな、仙台に住んでいたんで助かったってわけだ」

友人が言った。

「ほう、娘さんがいるのか……」

圭一が呟くように言った。

「ああ、真紀さん似の美人でな……たしか、仙台の北の、何てったっけ？……」

友人が圭一の言葉を継ぐように説明したが、居住地名が思い出せないらしい。

「うん、あかいしみなみ……」

涼太がぼそりと言った。驚いたのは圭一である。

「赤石南?……」

真紀が娘を生んでいたのも初耳だったが、その娘の居住地が自分の散歩コースであることに、圭一は驚いたのである。するとその友人が圭一に、

「ん?……圭ちゃんはその団地を知ってるのかい?」

「ああ、今盛んに売り出している所だな。テレビのコマーシャルでも見かけるし」

うちの近くだからな、と言おうとして言葉を呑んだ。涼太に変に誤解されることを避けたのである。まして散歩コース内だなどとも言えない。涼太と再会したのは不快だったが、真紀の娘が近くの団地に住んでいるというのが、圭一の心をちょっと軽くしていた。


圭一には行きつけのスナックがある。自宅から徒歩五分程度で行けるので、週に一度は顔を出している。圭一の居住地は道路一つ挟んで、北側と西側が隣団地になっていて、西側の赤石南は行政も異なる隣り町でもあった。

「同期会に参加してきたけど、大変な目に遭った人もいてねえ」

圭一は涼太と真紀のことは思い出したくもないのだが、津波に遭った惨状と結び

つけないわけにはいかなかった。圭一自身、船乗りの甥を津波で失っていたこともある。同期会でその話もしようと身構えたのだが、涼太の体験を聞くと話せなくなっていた。

客は他には誰もいない。圭一がママに向かってそう言い、津波の体験談なんだけどね、と付け加えた。するとママは、あ、その話、キヨちゃんの前では話さないでね、と釘を刺した。えっ、なんで、と思わず声を大きくすると、

「あのひとの家も親も流されたのよ」

「ということは、キヨちゃんは海辺の人？」

「そうらしいの。詳しく聞くのは気の毒で、聞かないことにしてるのよ」

「……親って、両親とも亡くなったのかな」

ママはその話は避けたいという風な素振りで、摘《つま》みを作りながら、その辺りも聞けなくって、と独り言のように言った。そこへ、遅くなってごめん、ママ、と言いながらキヨコが裏口から入ってきて、あらKさん、いらっしゃい、と声が弾んだ。

店では圭一の名前はローマ字のKである。キヨコは朗らかな性格をしていて、圭一の好みであった。四十歳前後である。ママの話を聞いた直後だけに、圭一はどう

対応しようかと身構える心になった。

「そういえば今まで聞かなかったけど、キヨちゃんはどこに住んでるの？」

「ついそこの赤石南よ」

応えたのはママである。歩いて十分くらいかしら、とも付け加えた。それは圭一には衝撃であり、それでいつになくキヨコを凝視するはめになった。

「あら、顔に何かついてる？」

キヨコが笑いながら言った。これまでもやもやしていたものが、ある確信に変わった瞬間であった。何でこれまで避けて来たのだろう、いや、それは初めから触れたくない地獄だったからなのだ、と自分に言い聞かせるしかない。たしかに、黒子《ほくろ》の位置も真紀とそつくりである。初めてキヨコを見た時、似ているなあ、と思ったのは事実だが、思い出したくない女に似ているため、内心で否定しつづけて来た……

「うん、ついてる。ついてる。黒子がついてる。頬がついてる。眼がついてる」

「ええっ、変なKさん。今夜はどうかしてるー、ねえママ」

そう聞かれたママは、そうね、と言ったきり炊事に没頭する振りをしている。

似ていても似ているとは言えなかった。その人に似ているから好きになったのと聞かれたらまずい。キヨコだって厭な気持になるだろう。第一母親に似ているからだなどとは口が裂けても言いたくない。とはいえ真紀に似ているから好きになったのだろうか。たしかにあれほど愛した女ではあった。高校時代に、駆け落ちまでした仲である。町中の噂になった。当然卒業したら一緒になる約束をしていた矢先、真紀の父親が急逝、経営していた会社の借金の肩代わりをしたのが涼太の父親で、それは真紀を涼太と結婚させる代償だと……真紀はそれに従った……圭一の傷は深かった。その涼太の娘に違いないキヨコと圭一は付き合っていたことになる。キスを何度も交わしている。一人身になっていた圭一は、夫に死別したと聞いているキヨコと一緒に暮らしてもいいなと考えていたほどである。今まで、出身も住所も年齢も確認しないままで付き合っていたのは、迂闊ではすまないことになる。ただ、圭一自身、相手の身の上などには拘らなかったし、キヨコも言い出すことがなかった。もっとも、キヨコが涼太と真紀の娘だと決まったわけではない。だからといって、直接キヨコに確かめる恐怖に勝てる勇気もない。それにしても……

「Kさん、いつものデュエット……」

キヨコがマイクの一つを圭一に差し出した。

二十年目のウインドウⅡ

笹原　実穂子

駅からの道は
右と左に分かれていた
なにも躊躇することはない
私の赤いハイヒールも嬉々としている

店のウィンドウには　弾力のある若い顔
ミニスカート　笑っている
遠くの花屋のシクラメンも
明るく私を手招きしていた

あの角を曲がると
ほら
色とりどりの鉢に囲まれた
喫茶店

あの日から
ほんとうに二十年もたったのだろうか
せかされて　顔を上げると
ミニスカートがひるがえって
道に消えた

あのとき泣きながら入った
喫茶店の木の椅子
ぴかりと光って
床に崩れていた

駅の店のウィンドウには
赤いハイヒールを胸に抱え
ただつっ立っている
私が映しだされていた

汽車の窓

星のかがやきが増したころ
旅に出た
この夏もあの夏も
いつからか遠く
汽車の窓にいた

こっちの水は甘いぞ
そっちの水はからいぞ

のり子ちゃんと遊んだ私が
影絵のように浮かんでは消え
おばあさんが一人畑に立って歌っていた

ああ、色々なものを置いてきてしまった
万華鏡を覗くように
私は汽車の窓を見ていた

摩周湖

山へ向かう道を歩いている
その子は歌などを口遊んでいるらしい
ランドセルはどうしたのだろう
赤いランドセル
叔父が買って持ってきたはず

秋の空がこんなに澄んでいたなんて
ランドセルをあそこに置いたあとは
空の色も知らなかった
山道はまだつづくのだろうと
高を括っていたら
突然オーロラの中に私はいた
摩周の湖はスペクトルの束になり
深い深い碧色で
両手を上にあげた私を
どこまでも吸い込んでいった

かろうじて来た道を見おろすと
叔父はとっくに死に
少女はいつの間にか大人の顔で
口遊むのを止め
そんなものよと
分別くさく発っした

そんなことはないと
その美しいオーロラを少しでも手につ
かもうと
指を何回も開いては突きだしてみたが
架空の色さえもつかめなかった
赤いランドセルは
濃紺の摩周湖へ落ちていった

異郷の地（漁り火）

異郷の地に
知らぬまにいた
そこがどこなのかわからなく
ただひたすら漁り火を見ていた

どこまであるのか
宇宙に続く灰色の空
夜になると静と暗の内側で
こちらにおいでと
狂おしく誘われた

もう波は眼下にあった
しなやかなビロードの波
その上を歩きたい

美しい波よ

ひとしきりビロードの波を愛撫した私は
急降下し

口を開け
ドクロと化した何万もの白骨に出合った
ドクロが
海藻に巻かれて骨を振らしていた

せつなく
居場所が無くて
又波の上に出てみると
赤く一直線の漁り火があった

ぼーぼーと火をたいて魚を呼んでいる
その火を胸に
網にからまり
異郷の地にいた

波の泡

その人は海をみつめていた
弾ける波の泡
その泡のひとつひとつに
物語があるように
飽きることなく砂に消えては
また
遠くの時代から波は運ばれて来ていた

縄文の火も
ピラミッドを創る　男達の汗の玉も
バイキングが捨てた　光る剣の先も
人麻呂の静かな白い足袋も
この泡の中に生きていた
その者たちは
地球の彩を眺めているのだろうか

冷たい波に　白い石を入れてみた
いつのまにか
泡の中に兵隊の姿があった
打ち砕けた波の泡は
鋭い叫びとともに

ザクザクと暗い足音を
砂の上に拡げていった
それは
いつ果てることもない
ゲートルの
行進のようだった

時の中に

雪が降る
顔を上げると　白い雪が頬へ
一直線に私が　私になっていく

髪を結い
赤い着物でひらひら踊る
湖の小島に遊んだ日
兵隊さんが群れをなして　歩いてきた
子鹿と涙で見送った

雪が降る
雪が積もる
みんなまっ白

私のなかに　私がいる
それでも　骨の小箱だけは
しっかり抱きしめた

高く積まれた資料館の　下駄の山
そこにも　雪が降りつづけ
いつのまにか
聞こえない足音がし
赤い鼻緒のげたが反る
時間の狭間に
浮かぶ今

又　戦争の声がし
雪が降る

かぐやⅡ

かぐやから見えた
月の地面の向こうに上る地球
画面からふつふつと聞こえている
水の流れる音があった
海へ戻り　地へ帰る
この星の中だけで営む
水の還元　命の生滅

この星がどんなに美しく見えても
ここから飛び立てれるわけでもない
食らっても　眠っても
歩いても　走っても
この星の中だ

もういいかげん止めてほしい
戦争
どれだけの人を殺してしまうのだろう
破壊
作り上げる滅亡への道

知ったはずだ
大宇宙　ガイアの中で
丸い一つの細胞
青い水の星　地球
この星の円周で
手をつなぎ合おう

かぐやが見せた
私達の地球

時空を超えて

ある日空が割れた
万華鏡を生きていたその人も
砂漠に埋もれていたスフィンクスも
海の深さに揺れながら
たじろいでいた白骨も
星達が輝いているその空間へ
空の割れめから旅立つ事になった

超重力の宇宙ひも
ワームホール
別にどれに乗っても
時空を越えた　時空のかなたへ

スフィンクスは火星で安堵の涙をし
揺れていた白骨は過去に戻って
又生きてみたが

自からの姿に絶望して　海に身を投げた
彼は
もう一度過去の宇宙までトラベルし
10の32乗ビットの　人間の原子までに
なって
星雲の中に消えた
万華鏡を生きていた人は
（相対性理論で高速で動く物体は　縮
み　その時間はゆっくり流れる）
超高速のせいでいつまでも同じ年齢だっ
た
彼らは年老いた真似ごとなどしてみたが
過ぎて行く時間が無かった
過去と未来を創ってみるが
宇宙空間を宇宙ひもで行き来する
むなしさだけ残った

いつの日か空が割れるかも知れない

果てしの無い、時間の無い空間へ
さて
これから今日はシワを愛撫しよう
もし腰が曲がって来たら
歓喜の乾杯を
こっそりすることにしよう

樺太

波は執拗にせまり
黒い波間に
途切れた声が聞こえる
生れたての赤子の声だ

私はデッキで隣の人を盗み見る
今風のＴシャツの男女
抱き合い
写真を撮りあっている

突然
船が大きく傾き
甲板に立つ女
長い髪は波がさらい
更にさらう
赤い襦袢の胸に

死んだ赤ん坊　抱きしめ
なにがおかしいのか
けたたましく笑い
黒い海に身を投げた

昭和二十二年
樺太からの引き揚げ船
着の身着のままの
憔悴した顔　船底の中

命からがらの引き揚げを
酔った時だけ話した
父

「あっ　見えてきたよ　サハリン（樺太）！」
デッキで隣の若い男女
耳にはウォークマン
明るく叫ぶ

私はバッグをそっと開け
往復キップの乗船券を
握りしめた

空色の鳥

飛んでいる空色の鳥の
羽ばたき
耳へのトリラー顫音《せいおん》
振り向きざまに見た
青い羽毛を広げた姿

テラスのある庭では
菊が微微にさざめき
花びら一枚一枚が開く

雄しべも凛と立ち
空色の鳥の啄みを待つ

白い菊を嘴に挟み
鳥は空に同化して
消えた

その瞬時に
光が走り
顔が浮かぶ

祖母の懐かしい顔立ち
私は爪先立って
目をみひらき
敬礼のように
手を上げる

小説

あこがれ

八木　美和子

窓の外にうす日が差してくると、これまで灰色に見えていた海は、やさしい水色に変わってきた。

カフェの窓際の席にすわっているわたしの周りを囲んでいるように、静かに波を打ちながら広がっている海。わたしはこの頃になって、この街の海を、本当に美しいと感じるようになってきた。

これまでに、この街以外の多くの所で海を見てきた訳だけれど、今でも記憶に残っているほど美しいと感じた海はなかった。

海ばかりではなく、今日、家から来る途中に街の通りで見た、生き生きとした青葉の茂った桜並木も美しいと感じているし、今年の桜の咲く頃、若い双子の男友達とわたしの三人で、お花見に行った時に見た桜の花も、これまでに見たどの桜の花よりも美しいと感じられた。

胸がときめくほど美しく感じられるものが幾つもあるこの街に住んで、わたしは本当に幸せだと思っている。

わたしがこの街に住むようになった理由は、教員だったわたしが、最後に勤務した場所が、この街の小学校だったからだった。

けれどもわたしは、決してこの街に、希望して来た訳ではなかった。希望するどころか、何回も、何回も断ったのに、聞き入れてもらえずに、この街に来るようになったのだった。

もう十年余り前の三月のことだったが、わたしは、当時勤めていた小学校の校長から、

「日立のA小学校に行くことになりました。行かなければ駄目ですよ。」

と言われた。

其処は、日立市の中心部に近い所にある学校だったので、わたしはびっくりしてしまったのだった。

「私にはとても無理だと思います。何とかならないでしょうか。」

「どこの学校でも、子供の教育のために仕事をしていることは同じなのだ。だから、

心配しないようにしなさい。」

「でも、どうしても自信が持てなくて……。」

「運命の赤い糸という言葉があるけれど、あなたとA小学校は白い糸で結ばれているんだ。」

…………

…………

そして、わたしはとうとうA小学校に赴任し、この街——日立市に住むことになったのだった。

この街に移って来たわたしに、

「どうして、日立なんかに来たんだ！」

と、怖い声で怒鳴った人が一人だけ居た。この地方の教育事務所の指導課長——大杉勝雄。わたしにとっては上司だった。

彼はわたしと、特別な間柄だと思っているらしかったが、わたしは彼を、単なる仕事上での上司としか思っていなかった。

日立に来たことを責められても、わたしは希望して来た訳ではなく、断っても来るようになってしまったのだった。が、それは、勝雄に関係のあることで断ったのではなかったので、わたしは何も言わずに黙っていた。

勝雄とわたしが知り合いになったのは、その時から三年前、同じ学年を受け持った時だった。わたしより一年先輩の勝雄が、学年主任だった。

ある時、全校の職員で酒を飲んでいる席で、わたしの隣りに座っていた勝雄は、わたしの手を握りながら言った。

「どうしようもなく好きなんだ。俺とつき合ってくれ。結婚する相手が決まったら別れるから。」

わたしは、勝雄の手をほどきながら答えた。

「わたしは、奥さんのいる方とは、お付き合いしないことにしているんです。」

わたしが初めて知った既婚の男性は父だった。父を思い出す時、机に向かって何かを書いている姿が目に浮かんだ。書いているのは、日本語の時もあったし、ドイツ語の時もあったと思う。

わたしがまだ幼い時、父が書いていたものをその儘にして席を外していた隙に、傍にあった赤鉛筆で、机の上の紙に落書きをしたことがあった。

少し経って、わたしは戻って来た父に呼ばれた。父は、わたしの書いた落書きを指さして言った。

「これは一体何なんだ。お父さんの書いた方だったからよかったけど、こちらの方だったら、ドイツの人から借りたものだから大変なことになったんだよ。」

父の書いていた原稿用紙の斜め上に、真白い紙に小さな黒い横文字がぎっしり書かれたものが、重ねられていた。その紙を見て、わたしは震え上がるほどぞっとして、「ごめんなさい。」と謝るのがやっとだった。父はそのドイツ語を、日本語に翻訳しているのだった。

家に居る時の父は、物を書いているばかりではなかった。

母は専業主婦だったが、父はこの頃イクメンと呼ばれている人達のように、よく子供の世話をした。母の忙しい時には、家事も手伝った。

父は母とはよく話をしていたが、母以外の女の人と親しそうに話をしているのを見たことがなかった。それでわたしは、既婚の男性は、奥さん以外の女の人を誘惑することなどないものだと思っていた。

しかし、社会に出てみて、自分の考えていたことが違っていたのに驚かされたのだった。

勝雄は、わたしが断っても、納得してくれなかった。

秋になって日の短くなった頃だった。わたしは、自分の教室で暗くなるまで仕事をしていた。そろそろ職員室に戻ろうと思って、教室から暗い廊下を覗いてみると二つ先の勝雄の教室だけ灯りがついているのだった。わたしは、勝雄の教室の前を通りたくなかったが、そこを通っていかなければ、職員室に行けないのだった。

わたしは思い切って、足早に勝雄の教室の前を通り過ぎて行こうとした。教室の中からは、無言の黒い人影が出て来て、いきなりわたしの肩を掴み、暗いベランダの方に、引き摺って行こうとするのだった。

わたしは何も言わず、夢中でもがき、勝雄の手を振り切って逃げて行った。逃げながらわたしは考えたのだった。

「こんなことをする男の人を、好きになる女の人なんて居るのだろうか。」――と。

そのような事があった翌年の四月、勝雄はこの地方の教育事務所の指導課長に栄転していった。勝雄との付き合いも、それで終わりになるのかと思ったが、そうではなかった。

勝雄は特に用事もないのに電話をかけて来たり、夜の十時頃、わたしの家に尋ねて来たりするのだった。わたしは電話には出たけれど、彼が尋ねて来ても、家の戸は絶対に開けなかった。

わたしは勝雄よりも、二年遅れて日立市に来たのだったが、勝雄の勤務先の教育事務所も、彼の自宅も日立市内なので、わたしと秘密で会うのが難しくなったことが、勝雄を怒らせてしまったらしかった。

わたしが日立に来た翌年の春、学校の上司の話から、勝雄がくも膜下出血に罹って、入院したことを知った。手術をして命は取り留めたが、仕事を続けるのは無理なので、退職するらしかった。

――本当に、気の毒に――と、わたしは思った。

勝雄が退職して後、わたしは人間関係で悩むことは、殆どなくなっていた。そして、教員を退職してからは、仲の良い友達が、日立にも、水戸にも、東京にもできたのだった。

最近の出来事の中で、一番楽しいと思ったのは、圭と拓という若い双子の男友達とわたしの三人で、ディズニーシーに行った時のことだった。

これまで見たことのないくらい、眺めの美しい所だったし、屋内のステージで、ミッキーマウスがドラムを叩いたり、タップダンスを踊ったのは、とても素晴らしいと思った。

わたしは子供達の行列に混じって、白い猫のマリーちゃんと抱き合ったり、圭や拓と一緒に、スリルを感じさせる乗り物に乗ったりしてのびのびと過ごした。乗り物が勢いよく走るので、わたしは帽子が飛ばないように、くまのプーさんのついたカチューシャを、帽子の上につけた。

「かわいいよ。」

と、圭に言われて、お世辞かも知れないと思ったけど嬉しかった。

昼食の時、お揃いの紺のジャンパーを着て並んで座っている圭と拓を見て、わたしはとても可愛くて魅力的だと思った。それで、

「二人並んでいると、タレントさんみたいね。」

と、言ったのだった。

わたしが圭や拓のことで感心したのは、見た目ばかりではなかった。わたしは飽きっぽいけれど、根気強くよい物を作るし、物を片付けるのが上手だし、朝は早起

きなのだった。

わたしは教員だった頃、遅刻することはなかったけれど、時間に余裕がなかったように思う。

「わたしがあなた達のように早起きだったら、もっと、子供達のためになることができたのに――。」

と言って、わたしは目に涙を浮かべた。

カフェの窓の外の日ざしは、以前よりも明るくなってきた。青い海の、くっきりしてきた水平線を見ながらわたしは考えていた。

わたしは、この街に来るのを断ったけれど、決して嫌いだと思って断ったのではなかった。本当は憧れていたのだった。

そして、今、この街はわたしが憧れていた通り、素晴らしい所だと思っている。美しい風景。素敵な人達との出会い。いろいろな楽しいこと……。

わたしはこの街に、感謝したい気持ちで、窓の外の、美しく、やさしく、そして何となく自由さを感じさせるような海を、じっと眺めていた。

小説

大手町の雨

中澤　秀彬

新聞社の通用門から外に出ると、向かいの農協ビルが秋の雨に黒々と濡れていた。朝刊十三版の締め切りに間に合わて記事を書き、ゲラを見終わった時にはすでに二十四時を回っていた。誠一は外堀通りをサンケイビルに向かって歩き、地下道に入り、都営三田線に乗って、白金台駅で下車した。目黒通り、外苑西通りと、人通りの少なくなった街を歩いて十分ほどでマンションに着いた。

「八時の約束でしょう？　遅いじゃないの」ドアを開けると、苛立った裕子の声が迎えた。結婚式を十日後に控えて、式場の手配、招待状の発送、新婚旅行の準備など、煩わしいことはもう済んでいたが、この数日、二人の間は険悪というより、むしろ危機的な状態に陥っていた。

大学で一緒だった斉藤に演奏会に誘われたのが裕子と知り合う切っ掛けになった。彼女はオーケストラの第二バイオリンの奏者で、斉藤は最初から従姉妹の彼女を紹介する目的で誘ったようだった。演奏会が終わると、彼女の帰りを待ち伏せして、三人で近くの喫茶店に入った。黒い礼服を着て、懸命にバイオリンを弾く彼女も魅力的だったが、カジュアルな服装の彼女も良かった。

「どうだ、結婚相手として？」喫茶店を出て、彼女と別れると斉藤は聞いた。

「突然そう言われても……でも、なんで、俺なんだ。彼女の周りには若い音楽家が大勢いて、結婚相手には事欠かないだろう」

「あのなあ、音楽家と言えば聞こえがいいけど、生活は大変らしいんだ。それに夫婦で毎日ギコギコなんて、ぞっとするだろう」

誠一は仕事が面白いので、これまで結婚を真剣に考えたことはなかったが、三十の大台には乗っていた。斉藤に熱心に薦められたのと、彼女に好感を抱いたこともあって、何度か演奏会にも出かけ、デイトもして結婚の腹を決めた。経済記者という俗物が音楽家を妻に持つことで、平凡な日常に非日常な時間と空間を持ち込めるのではないかという甘い期待もあった。また〈俺の家内はバイオリニスト〉というのも彼の虚栄心を擽りもした。

裕子は初めは結婚に慎重というより乗り気ではなかった。彼が音楽家としての自分にどれだけ協力してくれるか分からなかったからだ。迷っていた彼女の背中を押したのは彼女の父親だった。商社の資源関係の部長をしていて、何度か誠一の取材を受けていた。娘が結婚を前提に彼と交際を始めたことを知るとひどく喜んだという。誠一は新聞記者で、言わば父親と同じ実業の世界の人間だった。芸術家や音楽家と結婚させるより、よほどリスクが低いと考えたのだろう。それに娘より先に誠一を知っていたのも結婚に賛成した理由の一つだったようだ。

誠一は三ヶ月ほど前に六本木駅近くのフランス料理店でプロポーズしたが、そのときは裕子はいい返事をしなかった。曖昧な態度を取られると彼は傷つき、意地になって、父親の祐介や斉藤を味方に、結婚を強く迫った。

裕子が条件を持ち出して、受け入れたのは白金台のレストランで食事をし、彼のマンションを見せた後だった。結婚生活が彼女の音楽家としての活動を束縛しないというのが条件だった。彼は一も二もなく承諾した。バイオリニストといってもコンサートマスターでも著名なソリストでもなく、たかだか第二バイオリンを受け持つ演奏者に過ぎなかった。リハーサルや演奏会、それにたまには演奏旅行に行くこともあるかも知れないが、それらが結婚生活に決定的な障りになるとは思えなかった。音楽優先、芸術至上主義オーケーだった。彼女がどんなに頑張っても彼女の収入で二人の生活が出来るわけではなかった。となれば、彼の経済力が決め手になる。結婚してしまえばこちらのもの、それが彼の狙いだった。

　誠一は居間のソファーにレインコートと上着を脱ぎ捨て、キッチンに立った。仕事に追われて、夕食を食べていなかった。冷凍庫から食品を取り出し、レンジにかけた。気の利いた女なら、何か食べ物でも用意しておくだろうにと忌々しかった。

「くどいけど約束は守ってよ」式が近づくと精神的に不安定になるのは分かるが、それにしても連日連夜、押しかけて来て条件の履行を迫るのは度が過ぎていた。精神疾患を抱えているのではないかと疑いたくもなる。

「いいって、何回言えば気が済むのだ」レンジからスパゲティを取り出して言った。

「信用できないのよ。なんか言葉が軽くて」

「そんなに俺が信用出来ないのか。君に音楽が一番大事だってことはわかるよ。でも結婚って何なんだ。君の頭の中に少しは俺のことがあるのか」疲れていたこともあって、言葉がきつくなった。スパゲティを食べる気もなくなって、そのままゴミ箱に捨て、冷蔵庫から缶ビールを取り出した。

「私が悪いみたいね」瞼が薄らと赤くなっていた。バイオリン、バイオリン……二人の間に音楽の話はあっても、若い男女の日常的な会話や甘さは微塵もない。だいたい婚約者にファーストキスさえ許していない。いっそのこと、酔いに任せて、抱いてしまえば、少しは女らしくなるかも知れない。彼は缶ビールを飲み干すと、食器棚からウイスキーを取り出し、氷をいれて、水割りを作った。

「君も飲むかい？」相手が素面だと手が出しにくい。

「嫌よ。誠一さんはずるい。着々と結婚の準備を進めて、否応なしに私を袋小路に追い詰めている」

「それは邪推だよ。君は自由に音楽活動をすればいい。部屋の窓も壁も君のために防音を施した。これ以上俺に何を望むんだ」誠一は水割りをもってリビングのソファに移動した。帰ってきてからダイニングのテーブルを挟んで向かい合っていた。

「私は不安なのよ。これまで音楽のことしか頭に無かった。楽団という連帯を求められる場で、私は皆に信頼され、評価されてきたの。あなたは音楽とは無縁な存在。一流大学を出て、語学も堪能、すでに特派員として外国に行ったことも知っている。でも私は今まで芸術という共通語を持った人たちと一緒にいたの。共通語を持たないあなたは私には異邦人なの。分かる？　だからあなたがどんなに世間的な権威を身につけていても、異邦人と結婚する私には不安なの」

「君はその言葉の由来を知っているのか？　俺を異邦人と言うのは君自身に選民意識があり、俺を見下《みくだ》しているからだ。音楽家がそんなに偉いのか？」照明が女のエゴイズムをなぞっている。

「そんなことは言っていないし、そんな意味ではないわ」

「確かに俺は君には異邦人かもしれない。でも結婚って、異なった個性の合体ではないか。どちらかの犠牲の上に成り立つ結婚なんて破綻するしかない」

「話が違うわ。あなたは私のために何もかも犠牲にするって言ったじゃないの」

「結婚したいからそんなことも言ったかも知れない。だいたい、君のバイオリンで二人の生活が支えられるのか。俺は髪結いの亭主でいられるのか」言ってはいけない言葉だった。酔いが感情の起伏を大きくしていた。

「もともと私は結婚なんかするつもりはなかった。でもどうしてもと言うから条件付きで同意したんじゃないの。その条件を否定するなら結婚なんかしないわ」

「家事の手抜きもいい、演奏旅行もいい、子供も産まない、それらをすべて認めているのに、今更そんな言葉はないだろう」

「私の気持ちがすっきりしないの」

「可哀想な女だな」まだ気持ちに余裕があって言った。

「それはどういう意味？」

「若いうちはいいよ。でも何時か君は音楽に復讐される。年老いてバイオリンケースを抱えて、雨の降る裏町をとぼとぼ歩いている君の姿が見えるような気がする。俺と結婚するのが一番だ。君にはそれしかない」どうかしていたが、もう遅かった。

裕子の眼がキラキラと光って、鼻の線が堅くなった。

「すごい自信ね。音楽に復讐されるなら本望よ。悔いはないわ」醜い女の怒りは醜いだけだが、この女の顔には凄みがある。

「でも、それは地獄だよ。俺にはそんな君を放っておけないんだ」

「余計なお世話よ。あなたがそんな気持ちなら結婚なんか出来ないわ」

「おい、この期に及んでなんて言うことを！」形勢が逆転していた。怯えが背中を走って、思わずグラスの酒を膝の上にこぼした。

「何もかも好きにさせると言いながらあなたの言うことはどんどん変わってゆく」

「じゃ、音楽一筋の生活を君に保証して、その代わり俺は何を得るんだ」君を抱けるだけか、と言いかけて口をつぐんだ。

「さあ、何かしら？　何もないかも」

「そんな言い方はないだろう。ちょっとこっちに来いよ」危機感を覚え、彼はソファに誘った。このままでは破談になる。警戒しているのか、彼女はダイニングのテーブルから離れようとしない。彼は立っていって抵抗する彼女の手を掴み、引きずってきてモスグリーンのソファに座らせた。リビングの照明はリネンの傘スタンドだけでほの暗い。ソファにやや向かい合うように座った。カーキ色のフレンチスリーブニットにデニムパンツをはいている姿全体はソファの色に沈んでいるが、顔だけは白くきつい輪郭で浮き上がっている。彼は彼女の左腕を掴んで引き寄せた。結婚しようとする女の二の腕に直接触れたのは初めてだった。バイオリンで鍛えているので、筋肉質だろうと思っていたが、意外に柔らかい。ぐっと引き寄せようとしたとき、彼女の右手が彼の左頬を打った。予期しなかった反撃にかっとなり、ソファの上に押さえ込もうとした。抵抗が一層激しくなり、手足をばたつかせていたが、「痛い」と悲鳴を上げ、一切の動きが止まった。右手で左手を握っているが、血が流れている。テーブルのガラス天板の角に指を打ち付けてしまったようだ。バイオリニストに左指の損傷がどういう意味を持つか彼にも分かっていた。

「もう嫌。あなたとは結婚出来ない」彼女は叫び、蒼いロングニットカーディガンを着て立ち上がった。

「本気なのか。本当に婚約を破棄するのか」

「ええ、もうあなたの顔も見たくない。この指を見てよ」

「悪かった。謝るよ。考え直してくれ」

「遅いわ。これがあなたが約束した結婚生活の現実よ。もう嫌」

「そうか、じゃ、仕方がない。式のキャンセルをしなければ……」言葉は冷静だったが、発狂しそうだった。撤回させなければと思いながら、毎晩悩まされた音楽至上主義の重圧から逃れられるという思いもあった。自分を支えるにはそれにすがるしかなかった。

携帯で呼んだタクシーが来たのは午前二時頃だった。エレベーターで一緒に降り、マンションのポーチで彼女が車に乗るのを見送った。何処で何を間違えたのか。車の赤いテールランプが樹間に消えるまで立ち尽くしていた。

翌日、まず仲人役の編集局次長に婚約解消の報告をした。理由を聞かれたが納得して貰える言葉は見つからなかった。ホテルのキャンセル、招待客への連絡など、早急に済ませなければならないことが山積していたので、経済部長に二日の休みを申請した。十日後に迫った結婚式を取り止めるのはやはり異常で、部長からも根掘り葉掘り理由を訊かれたが、言葉に窮するしかなかった。社内的にも明らかに失態で、これから何かと悪意のある噂が社内を駆け巡るだろう。退社すると秋の長雨が昨夜と同じように大手町を濡らしていた。俺は音楽という共通語を持たないやはり異邦人だったのか。一日で世界がまるで変って見える。夜の重圧を肩に感じながら、サンケイビルに向かって悪い夢を見たと思いながら歩いた。

完

評論

漱石『坊ちゃん』に登場する婆さん達の正体

相川　良彦

『坊ちゃん』に登場する婆さん達の中で、最も目立つのが婆やの清である。その清を、漱石が人知れず愛した嫂の登世の化身だと喝破したのは江藤淳であった(1)。その清江藤は説いている――漱石は登場人物を綽名にすることで現実を仮想化し、彼らの俗物性（近代功利主義）を自由自在に揶揄罵倒した。そのため、罵倒は深刻に受取られず、ただ〳〵痛快でコケティッシュな感じをもたらした。

その中で、漱石は婆やだけを「清」と固有名で呼び、この仮想世界に現実との接点を持たせた。そこでは、清と坊ちゃんとの生真面目で情愛細やかな関係が描写されていた。それは、「婆や」という虚構でカモフラージュされた、嫂・登世への漱石の秘かな愛の告白であり挽歌であった、と。

なるほど漱石は、自分自身や自分の体験を小説にストレートに書いたりはしない。私小説作家とは異なり、あくまで創作を旨としていた。だが、少なくとも体験をベースにした『坊ちゃん』は、江藤淳（『坊ちゃん』新潮文庫版「解説」）がいみじくも指摘したように、「いわば告白しないことによって告白し、虚構や象徴によってのみ自己の秘密を語る」独特の表記方法で自分の感情や体験を吐露している。漱石はそうした作風の作家だ、と筆者も考える。

本稿はこの視角から、『坊ちゃん』に脇役で登場する婆さん達を取り上げて、そのモデルとなった女性と対比し、漱石が婆さんという虚構的表記により、何をカモフラージュし、また表現したかを検討する。取り上げるのは、一つに下宿・萩野の婆さんのモデルの上野老夫婦の次女、二つにうらなりの御母さんのモデルの松山中学教師・中堀貞五郎の妻の藤、である。二人とも、漱石が会った当時二十歳代後半〜三十歳代前半の年増女である。

まず、『坊ちゃん』に登場する下宿・萩野の婆さんの検討から始めよう。彼女は「鄭寧で、親切で、しかも上品だが」惜しいことに主人公に芋ばかり食わせる「貧乏士族のけちん坊」である。この婆さんは「部屋へ来て色々な話をする」。主人公・坊ちゃんとの掛け合い漫才的な会話の中で、マドンナと評判の美人の娘が婚約者のうらなりの実家の家運の悪化のために結婚を躊躇したこと、それにつけ込んで赤シャツがマドンナを口説き落とした上に、うらなりを僻地の学校へ左遷させたこと、等の情報を教える重要人物である。

作中で老夫婦二人住まいとされた下宿は実際には離れで、母屋には元士族の上野老夫婦と出戻りの三四歳の次女とその一六歳になる娘、それと夫の転勤の都合で三女が次女へ預けた娘のより江十一歳との五人世帯であった。そのため、下宿の婆さんとは、上野老夫婦の老妻と想われるかもしれない。だが、より江（三女の娘）が「離れを（漱石）先生にお貸しゝたのも伯母がひまつぶしと、今一つは従姉に着物をきせる為のお小づかひが欲しさ」と述べているから、実際には次女（より江の伯母）が世話に当っていた(2)。となると、主人公の部屋へ来て話をする婆さんは、年増の次女だった訳である。この伯母についてより江はこうも述べている。

伯母は美しいといふ程ではなかつたらうけれど、眼鼻立ちの優しい色の白い小肥りに太つてゐながら姿のいゝ人であつた。旅先で良人に死に別れて廿の年から（三歳の娘を連れ）實家に暮してゐた。……／……大すきな伯母さんだった。優しい温みのある人であった。その代り人の言葉を表からばかり受取る人だったかも知れぬ……／……わりあひ単純な人だつたんだと思ふ。

姿が良く、親切で、朴直な女性は、この後に紹介する鏡子夫人の回想文にある通り、漱石好みの女性のタイプである。とは言え、既に十六歳になる娘がおり、この年の暮に見合する鏡子夫人が十八歳だから、漱石にとって下宿屋の出戻り次女（伯母さん）は恋愛対象外のおばさんであったのは確かである。

ただ、漱石は生来の恥ずかしがり屋なうえ、儒教道徳に染まっていたから、若い女性とロクに話しが出来なかった。そんな漱石にとって、彼女は六歳年上の、気楽に話しやすい女性として、親しみを感じたのではあるまいか。本作における下宿屋の婆さんへの温かみのあるコケティッシュな描写は、漱石が実在する下宿屋の年増の次女を婆さんへ変身させることで、自身の親しみをてらいなく素直に作中で表明した所為だろう。漱石が三津濱港から松山を出港する際、彼女が数少ない見送り人の一人であったことも、その一つの証しである。

次に、うらなりの母親が登場する場面を見ておこう。山嵐が斡旋した最初の下宿「いか銀」（骨董屋）を、そこの家主との軋轢により後先を考えずに飛び出した坊ちゃんが、漂浪中にうらなりの家をふと思い出して訪ね、次の下宿の周旋を頼む場面である。その個所を引用しよう。

御免　御免と二返ばかり云うと、奥から五十位な年寄が古風な紙燭をつけて、出て来た。おれは若い女も嫌ではないが、年寄を見ると何だかなつかしい心持ちがする。大方清がすきだから、その魂が方々の御婆さんに乗り移るんだろう。これは大方うらなり君の御母さんだろう、切り下げの品格のある婦人だが、よくうらなり君に似ている。まあ御上がりと云うところを、一寸御目にかかりたいからと、主人を玄関まで呼び出し……以下略……

坊ちゃんを漱石と見れば、下宿先の「萩野（実名・上野）老夫婦」を周旋したのは、同僚教師の証言によれば中堀貞五郎であった(3)。とすれば、この応対に出た「うらなり君の御母さん」は中堀の母親である。だが、中堀の両親は郷里・今治に住んでおり、中堀は松山市鮒屋町の住居に、妻（とたぶん婚出直前の姪）と暮らしていた。だから、訪ねて来た漱石の応対に出たのは、中堀の妻・藤である。その彼女に「なつかしい心持ちが」して、「品格のある婦人」を感じたのだから、印象は悪くなかったと想われる。

ところで、小説ではいか銀を無鉄砲に飛び出した坊ちゃんが好感を抱いていたうらなりの家が近くにあるのをふと思い出して、訊ねたことになっている。だが、現実にはもう少し計画的な手順で下宿探しが行われたようだ。漱石は松山に赴任した時の様子を、友人へ書き送っている。

貴君御親戚大原君より中學校員太田先生を以て不都合の事あらば何角世話をしてやらんと申し込まれたり（正岡子規宛て漱石書簡一八九五年五月二六日）

文中で太田先生とあるのは松山中学の漢文教師・太田厚で、正職員教師のなかでは最高齢（五一歳）、松山中学の前身の変則中学発足時には漢文教師連の首座にあった人だから、新入り教師の世話（下宿周旋を含め）にも当ったのだろう。

ところが、太田は松山出身とはいえ近郷の温泉郡に住んでいたので、松山旧市街の下宿情報にそう詳しくなく、また先の下宿（久松伯別邸）の管理人の骨董屋への手前、再び周旋もしづらい。そこで、市街の鮒屋町に住む娘・藤の夫の中堀貞五郎に下宿周旋を依頼し、中堀が上野邸の離れを漱石へ紹介したのがことの経緯であろう。中堀と上野は、当地名士の内藤鳴雪（県庁役人）を介しての知合だった(4)。上野の下宿は松山中学に近い一等地（二番町）にあり、便利で広かった。

かような下宿探しの経緯の中で、漱石は中堀貞五郎宅を訪ね、その妻・藤とも会った。そこには、藤と会ってみたいという漱石の好奇心も手伝ったかもしれない。というのは、中堀が親友の正岡子規の妹・律と結婚したが一年ほどで離婚し、藤と再婚した男だからである。漱石は三年前に松山の子規宅を訪ねた折に、離婚後の律にも会っている。この因縁から漱石は律の前夫・中堀と後妻の藤に関心を持っていたろうし、藤の父親の太田は長身の美男でもあった。漱石がその娘をちょいと見たくなったとしても不思議はない。ちなみに漱石の物見高さについて、鏡子夫人は語っている(5)。

なかなか氣のつく方で、道を歩いてゐても芝居小屋なんかに入つても、いつの間にかちやんとどこそこに綺麗な女がゐるとかなんとか見てゐるのです。

さて、藤は当時二五歳(漱石より三歳若い)の女性であった。掲載の肖像写真のように丸顔で、また姿は細身で、父・太田厚との身長差から見て背も高くない。漱石好みの美人は、次に引用する鏡子夫人の回想にあるような、「すらりとして細面」だから必ずしも漱石好みの美人にぴったり当てはまる訳でもなかったと想われる。

當時……トラホームをやんでゐて、毎日のやうに駿河臺の井上眼科にかよつてゐたさうです。すると始終そこの待合で落ちあふ美しい若い女の方がありました。背のすらつとした細面の美しい女で——さういふふうの女が好きだとはいつも口癖に申してをりました……

（前掲5）

尤もこの好みの女性の容姿は、仲のあまり良くなかった鏡子夫人への面当てのニュアンスを含んでいる。というのは、この年の暮に見た（旧姓・中根）鏡子夫人の見合写真は丸顔で、実際に背も高くなかったが、漱石が気に入ったからである。この点について、漱石の次のように述べている。


中根（注：鏡子夫人）の事に付ては寫眞で取極候事故當人に逢た上で若し別人なら破談する迄の事とは兼てよりの決心……（正岡子規宛て漱石書簡、一八九五年十二月十八日）

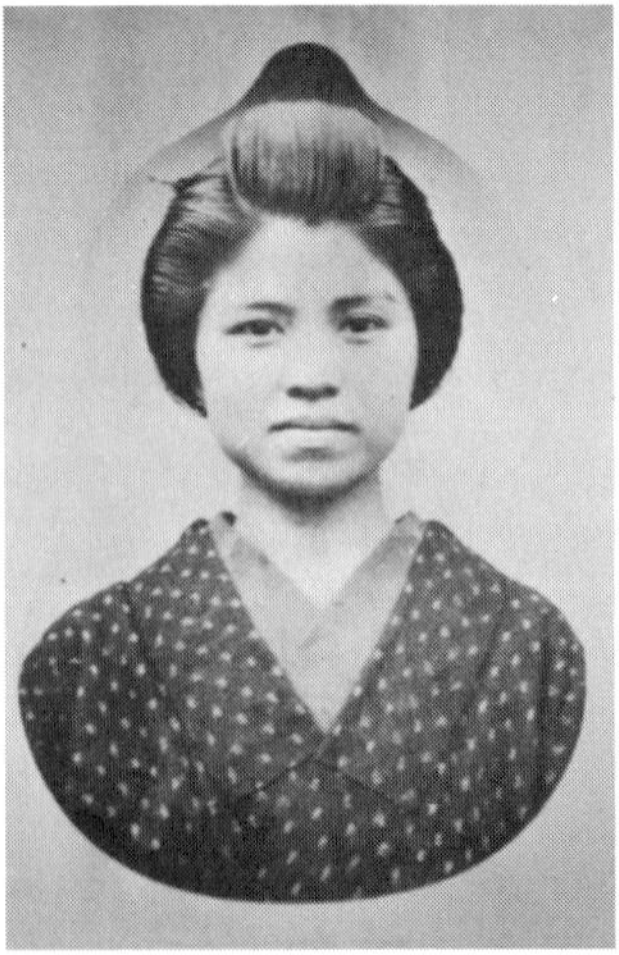
撮影者：中堀貞五郎

そこで（鏡子夫人を）どうだった、氣に入つたかとか何とか兄さんたちがよつてたかつて訪ねますと、齒並が悪くてさうしてきたないのに、それを強ひて隠そうともせず平氣でゐるところが大變氣に入つたと申しましたので、みんな

で妙なところが氣に入る人だ、だから金ちゃんは變人だよと笑はれたさうです（前掲5）

ところで、漱石にはこの見合の前、松山に来て程なく美女と評判の地元娘達との見合い話が持ち込まれる。その見合候補二人は、写真で見ると細面の美女である（6）。一人は退役軍人の娘、もう一人は判事の娘で、初め漱石は乗り気だった。

近頃女房が貰ひ度相成候故　田舎ものを一匹生擒る積りに御座候（斎藤阿具宛て漱石書簡、一八九五年七月二五日）

だが、結論を言えば、前者とは見合いせず、後者とは八月初旬頃に見合いをしたものの、断わっている。理由は、それぞれ次のようである。漱石は容姿よりも血統（遺伝）や気立てを重視していたことが窺がえる。

當地出生軍人の娘を貰はんか〳〵と勸むるものあり　貰はんか貰ふまいかと思案せしが　少々血統上思はしからぬ事ありて御免蒙れり（正岡子規宛て漱石書簡一八九五年五月二六日）

松山でもいろいろ縁談が持ち込まれたさうです。……中でも一人見合ひをして見ないかといふ口があつて、その（注：愛媛県庁）参事官のお宅へ行つて待つてゐると、カラカラカラと玄關のあたりで下駄の音がして、ごめんなさいつて入つてきた若い女があります。やがて女が茶を汲んで狎れ狎れしく入つて來て、しやあしやあとして御相手をします。さうして他愛もないことに手放しでげらげら笑ふ。それが當の見合ひの相手だつたので、慎みのないのに閉口したといふ話をしてゐたことがあります（前掲5）

この「慎みのないのに閉口した」漱石が好きな女性の性格というのは、鏡子夫人へ語った例の井上眼科で見かけた、「すらりとした細面」の女性の描写のすぐ後に続く個所で、次のように述べられている。

そのひとが見るからに氣立てが優しくて、さうしてしんから深切でして、見ず知らずの不案内なお婆さんなんかが入つて來ますと、手を引いて診察室へ連れて行つたり、いろんな面倒を見て上げるといふふうで、そばで見てゐてもほんとに氣持がよかつたと後でも申してゐた位でした。（前掲5）

さて、中堀藤は病死した姉夫婦の子供四人を延べ七年にわたり引き取り、親代りに養育した中堀貞五郎を支えた内助の夫人である。中学教師の薄給（一八九五年月給三十円）での甥姪の養育、それは意思が強く、またバツイチで再離婚を避けたかった筈の子規の妹・律さえ、逃げ出した生活であった。
そして、漱石にはこの種の気立ての優しさや面倒見の良い、親切な女性に惹かれる傾向が殊更に強かった。その点でも、漱石が藤に関心を持った可能性は高い。延いては、気立ての良い女性への憧れが、持ち込まれる縁談と相俟って、松山時代の漱石に俄かに結婚願望を焚きつけたのかもしれない。その傾向は漱石が嫂の登世へ寄せた好感とも重なるだろう。登世の死を悼んで、漱石は書いている。

彼（登世）程の人物は男にも中々得易からず　況て婦人中には恐らく有之間じくと存居候　そは夫に對する妻として完全無缺と申す義には無之候へ共　社會の一分子たる人間としてはまことに敬服すべき婦人に候ひし　先づ節操の毅然たるは申すに不及　性情の公平正直なる胸懐の洒々落々として細事に頓着せざる杯……憐みうた、不便の涙にむせび候（正岡子規宛て漱石書簡、一八九四年八月三日）

写真で見る限り、登世は必ずしも漱石好みの美人の容姿ではないように想われるし、漱石の称賛もその人柄についてに限られる。漱石の女性への好感度は気立てを重視し、容姿にこだわらなかったと言えるだろう。

ところで、藤は一八九七（明治三〇）年二月に病に倒れ、闘病一年の後に亡くなった。中堀は藤を偲んで、松山市中の寺に墓を建立した（この墓は撤去されていて今日存在しない）。その側面には、次の碑文が刻まれた(7)。

中堀律又の名は藤　舊松山藩士太田厚の長女　明治廿三年舊今治藩士中堀貞五郎に嫁し　明治三十一年一月十七日没す　享年廿八　子なし　謚して貞室淑和大姉と曰ふ　温順の性　其音聲　容姿と相同し　其言行殆と良人と相似て明暗を以て其徳を二にせず　人に接するに親疎の別なく待つに誠意を以てす　是を以て琴瑟相和し庭に間言なし　病に臥し身体自由にならざるもの一年　未だ嘗て慊焉の色を見ず　謚して貞といひ淑といふ　溢美にあらざるなり

村井俊明　撰

明治三十六年十二月

この碑文撰者の村井は、松山中学国語教師である。また、藤が「律」の通称であったか否かは詳らかでないが、碑文にそれを書くこと自体が中堀の「律」（先妻の子規の妹と同名）へのこだわりを暗示している(8)。その他、文中に「言行殆と良人と相似て」とあるが、それは奇しくも『坊ちゃん』において「よくうらなり君に似ている」という主人公の感想と一致する。だが、二人の顔写真を見ても似ておらず年齢差もあるから、立ち振る舞いが似ていたのだろう。

さて、二人の年増女を婆さんに変身させる表記方法は、江藤淳の〈婆や清＝嫂登世の化身〉説と軌を一にする（前掲1）。また、漱石には嫂と弟との親近関係の危うさを描いた小説『行人』もある。前述の嫂登世を称賛した書簡と『行人』のテクストを結び付ける時、江藤の〈漱石の嫂登世への恋慕〉説は、事実か否かをさておき、論理的にはあり得る話だと筆者は考える。

そのため、筆者は江藤の「漱石の嫂登世への恋慕」説を支持している。だが、と同時に、その説が未だ確証されていない仮説にすぎないという留保条件も付け加えておきたい。まして、それを小説『坊ちゃん』の主テーマだと主張するのは、見当外れだと思う。なぜなら、『坊ちゃん』で大きくページを割かれて叙述されているのは、中学校での人間関係であり、婆や清と主人公の親近関係の描写は付け足しにすぎないからである。そして、この小説の主テーマを暗示するヒントが、実は前述の中堀藤の墓碑に隠されている。それが何であるかは、続編で述べることにしよう。

【参考・引用文献】

1　江藤淳『漱石とその時代　第3部』新潮社一九九三
2　久保より江『嫁ぬすみ』政教社一九二五
3　新垣宏「横地・弘中書き入れ本『坊ちゃん』について」（『四国女子大学紀要第2巻第1号』一九八二年十二月）
4　内藤鳴雪『鳴雪自叙伝』初出一九二二、再販・岩波文庫二〇〇二。なお、内藤は一八七四～八〇年に上野の住まいのある二番町に住んでいて、愛媛県ナンバー5の教育行政官であった。そして中堀貞五郎とは祖父の代からの付き合いがあった。
5　夏目鏡子『漱石の思ひ出』初出一九二九、再販・角川文庫一九六六
6　秦郁夫『漱石文学のモデルたち』講談社二〇〇四に肖像写真がある。
7　中堀誠二編『中堀彦吉書翰集』私家版一九七六
8　「中堀律又の名は藤」のいずれが戸籍登録の名であったかは、今治市役所の戸籍原本が消失しており、今日確かめることが出来ない。

小説

房江の思い出　福島から……

たいら　これしげ

房江の頭の中は既に目覚めていた。起きなければと思うのであるが外気が冷たく、蒲団の中の温もりが房江の体を放さなかった。窓の外からはヒヨドリ、スズメ、カラスなどの鳴声が聞えてくる。目覚まし時計が鳴るまではもう少しこのままで居ようと思った。冬場から春先にかけてはいつもこの調子である。

朝、六時には起きて必ず一時間程の散歩に出かける。房江の住んでいる練馬区都営南田中アパートは団地の中央を東西に石神井川が流れ西の山下橋から北西に流れを変えている。房江は石神井川に沿って西に歩き山下橋からは北に向きを変え、南田中団地西の交差点を西に行き石神井公園の中の石神井池を周回する。気が向けば三宝寺池にまで足を延すこともある。

武蔵野の風情を残した落ち着いた雰囲気の公園である。特に三宝寺池の周りには木々が鬱蒼と生い茂り、池にはいく種類もの水鳥が泳ぎ、池の畔では羽を休めている光景が見られる。池の南側の丘陵には平安時代から室町時代にかけてこの地を支配した豊島一族の石神井城址もある。

房江は今の生活を続けることで何とか心の落ち着きを取り戻せるようになってきた。二十代で結婚し息子の輝夫を授かり、三十を前に夫が癌であっけなく他界してしまい、息子を女手一つで育て上げた。その息子も地方の国立大学に現役で合格し親元を離れ大学の寮での生活を始めている。

房江は看護師であり、結婚前から都内の総合病院に勤務していた。夫が亡くなった後、看護師の仕事が房江の生活を支えてくれた。息子の成長だけを考え頑張ってこれた。看護師が天職だと思っている。多くの人の生死に立ち合い、喜びと悲しみを幾度も経験してきた。

房江は息子が大学に合格したことで親の責任は果たせたと思い、自分も東京を離れる決心をした。前々から地方の病院で訪問看護の仕事に携わりたいと考えていたのである。核家族化、それにともない少子高齢化社会である。特に地方に住まわれている多くの高齢者の方々は交通も不便で病院通いもままならない環境に置かれている。房江は女手一つで息子をここまで育て上げることが出来たのは社会の多くの人々の支えが有ったればこそと思い、その恩をこれからは社会に返して行きたいと考えていた。自分は看護師であり、これからは地方での訪問看護が自分としては社会に一番に役立てる事だと考えた。

房江は物心付いたころから宮沢賢治などを愛読し東北地方に憧れを持っていたので新たに住むなら東北の何処かだと思い描いていた。早速、インターネットで移住を募集している東北地方の県庁や市町村を検索した。

やはり看護師の資格が物を言った。申し出が東北の各県から多く寄せられた。しかし、それは訪問看護の現場では人手不足と云うことを証明している。自分のような者に期待が寄せられることに何か面映ゆい気持ちになり、この中から一件にしか応えられないのが申し訳なく思え後ろめたさを感じた。

房江は南相馬市の小高区に有る病院に決めた。南相馬市は東には太平洋、西は阿武隈台地が連なり、七月には相馬野馬追が開催される。伝統のある風光明媚な土地のようであった。房江は赴任するまえから自分なりに想像をめぐらせていた。

勤め始めてから房江はこの土地がますます好きになっていった。土地の人達は気さくで房江は直ぐに溶け込み馴染むことができ、訪問看護で訪れるお年寄りの方々や家族から頼りにされ、なくてはならない存在となりつつあった。房江はこの土地に来て本当に良かったと思った。

ただ、房江の仕事の性質上避けて通れない事がある。それは担当していたお年寄りが亡くなられることである。最初から覚悟はしていたことであるが、いざその場に立ち合うと房江はどうしても数日間は落ち込んでしまう。生前のお年寄りをお世話した時のこと、交わした会話、表情などが浮かんできてしまう。

房江がこの土地に来てあと数ヶ月で二年になろうとした時であった。その日、自ら車を運転し次の担当のお年寄りの家に向かおうと陸前浜街道を西に向け走っていたとき、一瞬眩暈に見舞われたのかのように感じ、急いで車を路肩に止めた。

前方の道路は波打つようで、電信柱や街灯も激しく揺れて他の車も次々に急停車をしていた。房江の軽四輪車は路肩でバウンドするかのように揺れ続け、何処からともなく地鳴りのような音も聞えていた。

地震だ、それも相当に大きな地震なんだわ。房江の体は恐怖で小刻みに震えた。揺れが収まっても暫くは動く事ができなかったが他の車が走り始めたのを見て房江は車から降りた。歩道に立っても房江の震えは止まらず、膝が笑っていた。

今まで経験したことのない激しい地震の揺れにもしかしてと思った。病院のことが心配になり、気を取り直して車を走らせた。道すがら倒壊している家も見られ、如何に大きな地震であったかを思い知らされた。

病院の施設も一部が損壊し、施設内は至る処に物が散乱しパニック状態になっていた。房江は医師や他の看護師たちと入院患者を安全な場所に移す作業を手伝った。

しかし、その間に更なる悲劇が起こりつつあった。遥か東の海の底からどす黒い巨大な悪魔の化身が押し寄せ大地を覆いつくそうとしていた。家や道路や車を飲み込み、更に人々までも容赦なく飲み込んでいった。追い詰められた人々は西を目指し、高台を目指した。逃げ惑う人々、助けを求める人々に救いの手を差しのべる余裕などなく自分の身を護るだけで精一杯であった。悪魔に足を掴まれた母親を娘は助けることができず母の手を放してしまった。流木に摑まっていた父と子は陸地に辿り着くことなくそのまま東の海に連れていかれ戻ることはなかった。多くの車も悪魔の化身が引いていくとともに東の海の底にひきずり込まれた。いまだ嘗て経験したことのない大津波であった。

房江の病院と住まいは幸い津波の被害は免れたが、地区の十一%が浸水し、一四六人の死者、家屋の全壊が三四七戸と云う甚大な被害を被った。

ことはこれだけでは終わらなかった。地震と津波で打ちのめされた人々に新たなる災難が降り注いできた。まさに天空から目に見えない、感じることもない、人間が作り出し制御できなくなった怪物が暴れ出し人々を恐怖のどん底に落とし入れた。

震災がその引き金を引いたのであった。福島第一原子力発電所で事故が起きていた。三月十一日の夕刻に政府は〝原子力緊急事態宣言〟を発令した。その後立て続けに水素爆発や出火が起こり、そのたびに避難指示範囲が拡大されていった。二キロメートル内が、三キロメートルとなり、更には十キロメートル、二十キロメートルとなった。最初の避難指示が発令されてからは避難する人達の車で道路が渋滞し動きが取れなくなっていた。ガソリンスタンドも列をなし、スーパー、コンビニなどでは食糧を含めあらゆる商品が底をついた。

当初から住民や避難所などには正確な情報が届かなかった。国道六号線は寸断され、原発付近の住人の多くは北東の方角に避難していった。しかし、結果的にこの避難が更に放射に晒される事態を招いた。

十五日には二十キロメートルから三十キロメートルの居住者には屋内退避指示が出された。住民に外に出るなと云うことである。仕事に行けない、食糧の買い出しにも行けない。農家では田畑での作業ができない。酪農家は家畜の世話ができない。住人にとっては深刻な事態になった。国の指示で民間輸送業者に三十キロメートル圏内に入らないように通達が出されていた。入ってこれるのは緊急車両、警察、自衛隊だけであった。ライフラインが完全に断たれてしまっていた。食糧の枯渇も目に見えていた。

三月二十五日には二十キロメートルから三十キロメートルの居住者に自主避難要請が出された。避難したい者は自己判断で避難しろとの要請であり、勝手な言い分であった。

房江は看護師の仕事がら放射能の人体への影響についての知識は持っていた。被曝事故が予測される場合は国が放射線障害予防薬のヨウ素剤を配布しなければならないはずであるが、配布の兆候すらない。

房江は放射能の恐怖に脅えながら避難所、仮設住宅と移り看護師の仕事を続けた。しかし、日にちが立つにつれて避難住民からの不満が多く聞えてきた。

「原発は安全ではなかったのか」

「なぜ、我々が東京の犠牲に成らなければならないのか」

「あれさえなければ」

原発事業から恩恵を受けていない地域の人々が住み慣れた土地、家を放射の汚染で追われた不満が原発を誘致した土地から避難してきている人々に向けられ始めた。

更には放射能の汚染地域から避難してきている人達と、非汚染地域から避難してきている人達との間にも深い溝が出来つつあった。汚染地域から避難してきている人達には電力会社から補償金が支払われる。同じ震災に遭い同じ仮設住宅に住んでいても汚染地域からの避難かそうでないかで格差が生じてきた。補償金とは無縁の人達からすれば当然妬みの気持ちが湧く。

看護師は被災地域ではいくらでも必要とされてた。房江もまだこの土地に残り被災した方たちの為に働きたかった。しかし、房江自身も震災によるＰＴＳＤ、即ち心的外傷後ストレス障害を抱えていた。被災直後の病院の混乱した状況、津波の被害を受けた町の惨状。短期間に多くの悲惨な死を見させられた。それに、追い打ちをかけるような避難所、仮設住宅での生活。これらがトラウマとなり房江の心に強く伸し掛かってきた。それに、これ以上、同じ震災を経験した者同士が金のことでいがみ合うのを見たくなかった。表だっての対立や争いはないものの、絶えず陰口が聞えてくる、補助金漬けになり人間が堕落していく姿も見たくなかった。

房江は後ろ髪を引かれる思いで、今勤めている病院の寮を引き払い、両親が生活している東京の練馬の公団住宅に移り住んだ。両親は健在で過ごしているが、いずれは房江が世話をして行かなければならないと以前から思っていたことであり、一時は南相馬に呼び寄せようかとも考えていた。しかし、これを機会に東京で一緒に生活するのも良いかと納得した。両親も娘が同居することで安心したようである。一ヶ月、二ヶ月、半年と時が経過し、両親と生活し、毎朝、公園を散歩することで心が癒された。新たな職場での訪問看護の仕事にも慣れた。訪問先のお年寄りたちとも気持ちが通じ合うようになり房江の表情に笑顔が戻ってきた。

時々は福島でのことが思い出される。担当していたお年寄りたちは今ごろどうされているか、元気で過ごされていればと願うだけである。今も仮設住宅に住まわれている放射能汚染地域からの避難者の方々は、いつ住み慣れた土地に戻れるかも分からない。自分の農地も耕せない。仕事にもつけない、漁にも出れない。家畜などは死に絶え、犬などは野犬と化し、猫も野良猫になっている。住人のいない町はまさにゴーストタウンである。人間追いつめられれば自暴自棄になる。勤勉に働いていた人間が毎日体を持て余し働かずに金が入ってくると遊興に走る。仮設住宅の近くの歓楽街では補償金によるバブル景気も起こっている。全ては原子力発電所が人間の生活を奪い、金で人間性を潰している。彼らは震災による避難民ではなく、国内難民になってしまっている、と房江は思った。房江には中東からヨーロッパに流れ込んでいる難民の姿とダブってしまった。彼らにとっては原発事故が戦争でありテロであり、住民は故郷と生活手段を奪われた。福島第一原発は事故から五年経過しても収束されない。廃炉に何十年掛かるだろうか。未だに放射能が海や大気中に漏れていると噂され、色々な情報が交錯している。正確な情報が伝わってこない。

人間は幾多の自然災害を経験し、その都度乗り越えてきた。震災だけなら時間を掛けても克服できたはずである。しかし、原発は違った。原発事故が起こらなければ放射能汚染で故郷を棄て避難することもなかった。原発事故の補償金に頼らず故郷、住み慣れた地で勤勉に働きそして平和な日々を過ごせていたに違いない。

房江は三宝寺池の水鳥を見て、この鳥たちは福島から飛んできたのだろうかとふと思い、いつかまた自分も南相馬を訪ねてみたいと思った。

了

小説

フリー・エアー

（1）

片山　龍三

その日、藤木は会社に一週間の休暇届けを提出した。課長の富山が何かあったのか、と顔色を変えて尋ねてきた。藤木は父親が病気であると告げ、それもかなり重症であるなどと嘘を並べた。それは大変だねと課長の富山が労いの言葉をかけてくれた。彼は日頃世話になっている課長を騙すような行為に後ろめたさを感じたが、実際の休暇目的を告げるわけにはいかない。二十年前行方不明になった友人の捜索にでかけます、などという事は休暇の理由になりはしない。

それどころか、営業部の人々からも「変人」扱いされるに決まっている。無難な理由で休暇を取るのが、誰にも迷惑をかけない選択である。彼にはもう一つ難関がある。妻の小枝子には何と説明したら良いのだろう。その言い訳に考えあぐんだ。

何の名案も浮かばないまま数日間が過ぎ去り、今日に至った。この間にも自分自身への「何の為に」という問いかけが何度も繰り返された。その問題に答えを出さずして彼は行動を起こそうとしている。自分の意思が決定されないまま、事が進んでいく、何者かに誘導されている感が微かにあり、彼はそれに従順に従っている。

藤木は最近夢をみるようになった。彼はそれまでは夢など見ないほうであった。その夢に舎利仏になった堀越絵梨子が登場する。そして彼女が話し掛ける。それが、今回の捜索を決行しなければならないと思い立った切っ掛けでもある。

絵梨子が舎利仏になってしまったという考えはあまりにも突拍子もない発想である。夢などというものはそんなもので、現実を極端にデフォルメする。藤木は一〇年前の記憶を辿る。

――絵梨子ならそんな事を実行するかもしれない――

だが、当時、つまり絵梨子が消息を絶った時、このようなことは誰もが想像すらしなかった。そもそも、藤木は舎利仏について何の興味も持っていなかった。彼が高校生の時、考古学サークルの名に引かれて、遺跡の発掘とか古文書の解読など、歴史を研究するものと思い、サークルに入った。だが、入部してみると部の活動内容は想像していた物とは違っていた。サークル担任の早乙女先生は日本史を教えておられ、先生の舎利仏への興味が基で舎利仏研究会の様相を呈していた。そうであれば、彼はそんなサークルを辞めればよかった。だが、辞めなかった。早乙女先生が女先生であり、男子生徒に人気があった。藤木も早乙女先生に興味を持ったひとりである。ではサークルメンバーが男だけかというとそうではない。ほぼ男女半々であった。絵梨子はその中でも早乙女先生に師事して中心的に活動していた。『舎利仏に永遠の命を感じる』、は絵梨子の口癖であった。その人物があの日、あの寺院で失踪した。失踪と共に堀越絵梨子が現実の世界から消失した。

すでに二十年も経っている。今、何故だろう。この問題が再浮上してくるのだろう。藤木は忘れていた訳ではない。片時も忘れたことはなかったと言ったほうが相応しい。

絵梨子が「舎利仏」に成っているという妄想が彼を襲う、これは最近のことである。夢に登場する、あの絵梨子が舎利仏になって、舎利殿に納まっている。所詮夢である。そんな妄想は捨て置けばよい。だが、何度も見るようになった。そして舎利仏の絵梨子が藤木に話しかける。話しかけられても言葉が掴めない。

――舎利仏になりたい――、これは絵梨子の言葉である。部内の誰もがそれを知っている。藤木だけに絵梨子が打ち明けた言葉ではない。彼には不可解な言葉であった。それは彼が仏教というものを全く理解していなかったということもあろうが、そればかりではないと彼は思う。絵梨子の根底にも仏教的側面から舎利仏への意志があったのだろうか、それを今更証明することはできない。だが、彼はそこに女性の持つ特有の何物かを感じ取っていた。――舎利仏に永遠の命を感じる――という発言が思春期の女性が抱く憧れのようなものがあったのではないだろうか。

藤木はその寺院へ出掛けようとしている。舎利殿に絵梨子が本当に納まっているかを確かめるために。当然、そんなことが有りえるはずもない。二十年前に見た舎利仏と同じ舎利仏が舎利殿に納まっているだけであろう。だが、彼は今その寺院に行かなければ何も始まらない、と想い始めている。

舎利仏となって絵梨子の幻影が執拗に藤木の夢の中を訪れる。藤木は絵梨子と話す。どこに居るのかを彼女に問い質すが、それを答える前に彼女の幻影はいつも消えた。

あの日は高校卒業記念にハイキングを兼ねて、舎利仏の納められている寺院訪問であった。早乙女先生が我々五名を引率して出かけた。サークルメンバーは二〇名ほど登録していたが、卒業記念という名目もあって、その時参加したのは三年生五名だけであった。男子生徒は藤木辰夫と米本雅之、女性徒は堀越絵梨子、東山由香里、向井弓枝の五名である。だが寺院を後にしたときは早乙女先生と藤木を含めた五名のみであった。絵梨子の姿がなかった。あの日は何故あの寺院までのハイキングが企画されたのだろうか。それを提案したのは絵梨子であった。絵梨子には何かの企みがあったのだろうか。早乙女先生と生徒は五人、ハイキングは天候にも恵まれて和気藹々と楽しいものであった。ハイキングの終わりにはそんな雰囲気は微塵もなかった。堀越絵梨子が消えたのである。藤木たちはあたりを隈なく探した。寺院の住職にも相談し探していただいた。それでも見つからない。日が沈み始める、それでも見つからない、皆は絵梨子が先に帰ったと考え始めた。その寺院へは付近の駅から三〇分ほど山道を歩かなければならない。皆で駅に戻りながら道程を探した。それでも見つからない。駅は田舎の小さな駅で乗降客はせいぜい数人である。乗降客が無い時間帯もあるという。そこには駅員がひとりいた。当時は若い駅員であったと藤木は記憶している。

その駅員は女子高生が乗るのは見かけていないと藤木たちに告げた。この発言に皆は失望した。だが、「先に帰った」というのがこの時のメンバーの大半の意見であった。駅員が見かけなかったという言葉だけで大ごとにするには皆気が引けた。大ごとになって絵梨子が自宅に帰っていたら取り返しがつかないというのが大かたの意見であった。そのため、警察に失踪届を出したのはその晩になってしまった。早乙女先生が捜索願をだしたのは、絵梨子が実家に帰宅していないことを確認してからであった。

警察はなぜ捜索願がこのように遅くなったのか疑問を持ったようである。そのために早乙女先生にある種の疑いを持たれた。夜遅く交番に五人は集められた。高校前の交番である。この交番には同級生の前島がいた。警官は前島の親父である。県警の刑事が二人来た。藤木は前島の親父とは話したことがあるが、刑事に事情聴取されるのは初めてである。刑事に色々聴取された。六人の間で何かがあったような口振りであった。全員の聴取の後に一人一人、奥の和室に通され、先程の聴取の内容確認が行われた。他のメンバーの刑事とのやり取りは分からない。刑事の聴取が終わって、帰りの道すがら藤木は皆に何を聞かれたかを問うたが誰の口も重かった。だから別室に呼ばれての藤木以外の人の聴取内容はわからないが、藤木には、誰と行動していたかを克明に聴取され、また交遊関係について執拗に問われた。そして、再度、皆の間で揉め事はなかったかを確認された。特に早乙女先生の交遊関係について特に集中して刑事は質問した。藤木はその時、真実を供述したのだろうか。覚えてはいない。彼にも知られたくない事はあった。

翌日になっても絵梨子は実家に戻ってこなかった。そしてその寺院付近の山の捜索が開始された。しかし、何の手がかりも無かった。そして二十年が過ぎた。

（2）

藤木が故郷の新幹線駅に着いたときは既に昼過ぎであった。ローカル線に乗り継ぎ、目的の寺院に向かった。このローカル線はまだ電化がされていない、ディーゼル機関車が田園地帯を走る。寺院の最寄り駅で降りた。藤木は何年ぶりになるのだろうと、辺りの風景を見ながら思い、今朝、東京を出発した光景が脳裏を掠めた、妻の小枝子の不安に満ちた顔が過ぎる。

朝早く目覚め、妻に今日は会社を休む、実家に急用ができた、会社の富山課長には連絡済みだと告げた。妻は、どうしたのですか、と尋ねたが、結局何でもない、と答えるに終わった。いつもなら責めるように反論する妻がそれ以上追求しなかった。何かを感じ取っているのかもしれない。そして妻は駅まで彼を送ると言い、途中の銀行に寄ると、当座の金を下ろして藤木に渡した。藤木は妻に申し訳ないと言おうとしたが、何も言わずに電車に乗った。

藤木はその駅に降り立った。まだ自動改札にはなっていない小さな駅であった。中年の女性の駅員がいた。

「寺院はどう行けばいいんですか」と藤木は切符を渡しながら駅員に尋ねた。

女駅員はただ一人の降車客を物珍しそうに見詰め、東京からの切符を受け取るとその切符をまじまじと眺めていた。藤木の質問が耳に入らなかったようである。だが、その女駅員は「寺院にはどう行けばいいんですか」という質問に気が付いたようで、その切符を駅務室の小窓を開け、小箱に片付けるとやっと一言発した。

「歩いていかれるんですかね。それとも、バスですか」

「バスがあるんですか」

「ありますよ。ですが、本数がないもんでね。今日はもうないですよ」

「では歩いての道順を教えていただけますか」

女駅員は小太りで右足を煩っているのだろうか、駅務室に入っていく足取りは大きく揺れていた。どうやらメモ帳を取りにいったようである。

「もう桜も終わっていますよ。そして、この時間だと歩いて行ったらもうゆっくりミイラも見られませんよ」

女駅員のミイラという言葉に何故か違和感を抱いた。ミイラではなく、舎利仏だろうがと、反論しようと想ったが、女駅員が持ってきた三つ折りになった緑色の寺院の紹介パンフレットにもミイラと記されていた。

藤木は目の前で大きく欠伸をするタクシーの運転手に手を挙げた。運転手は藤木に軽く会釈すると後部ドアを開けた。タクシーは女駅員を駅に残し藤木を乗せたことを確認すると出発した。小太りの女駅員は遠く藤木達の姿が消えるまで見送っていた。

藤木は絵梨子に未練があるわけではない。彼と絵梨子は特定なお付き合いがあったわけではない。どちらというと、東山由香里と関係があった。

だが、絵梨子の失踪から、つまり当時のハイキングの後から藤木と東山由香里とは会う機会が少なくなり、藤木は東京に、由香里は故郷に残るという境遇が互いの距離を作ってしまった。今回の捜索に由香里に相談しようか、迷った。由香里はすでに結婚しており、二児の母であると聞いている。藤木はそこに訪ねるわけにはいかない。多大な迷惑をかけることになる。

寺院に着いた時、生憎の雨にみまわれた。タクシーは寺の駐車場に止まった。平日の所為か、車が疎らに止まっているだけで、参詣する人々の姿も数えるほどであった。藤木はバックから傘を取り出し寺の門を見上げた。門の向こうに赤い瑠璃橋が架かっている。

――こんな情景だったのだろうか。覚えてはいない、二十年の歳月は長い、時間という歳月は現実も記憶も何もかも創り変えてしまう。この寺の姿も歳月と共に風化したのだろう、それと同じように俺の記憶も風化してしまった――。

タクシーは大きくユーターンすると藤木を一人残して去っていった。門をくぐると、眼の前を川が流れている。そこに掛かる朱色に輝く瑠璃橋の上に立つ。橋が雨に濡れている。

——そうだ、この橋を皆で渡った——

藤木の記憶が蘇った。藤木は朱色の橋の真ん中に立ち尽くした。数メートルの橋は寺の要り口になっている。藤木は雨で濁った川面を眺めた。彼はしばらく川面を眺めていると記憶が蘇って来る。橋を渡る、歩を進めていると、時間が過去に戻っているんではないかと錯覚する。藤木は思わず振り返った。誰もいない。あの時、藤木の後ろを絵梨子が歩いていた。その前を早乙女先生がなにやら説明しながら橋を渡っていた。その時絵梨子が藤木に何か話しかけたようである。彼は振り返った。だが、彼女は黙っていた。彼女は何を問いかけたのだろう。

藤木はもう一度振り返った。誰もいない。

瑠璃橋を渡りきると、十段ほどの石段があり、石段には苔が張り付き滑りやすくなっている。周りが背の高い杉に覆われ、薄暗い。石段を登りつめると山門が聳え立つ。山門の下に入ると藤木は傘を閉じ、辺りをもう一度見回した。彼は蘇る記憶を辿りながら再度辺りを見回した。左手に五重塔が聳える。五重塔を仰ぎながら彼の記憶はより鮮明に蘇る。何かに辿りついた。五重塔の下は広場になっており、香堂が真中にある。香堂から本堂へと石畳が繋がっている。

——ここだ——と思わず藤木は呟いた。

皆でこの広場にシートを敷いて、座り、昼食を食べた。皆の笑顔が蘇ってきた。そうだ、皆、笑顔で語り合っていたはずである。数時間後に皆の笑顔は消えていたが。皆は円陣を組んで座った。藤木の隣に東山由香里、その隣に失踪した堀越絵梨子、……この円陣にも問題があったのだろうか、絵梨子の笑顔が彼の記憶に浮かんでこない。この円陣の笑顔の中で絵梨子は何を考えていたのだろう。この円陣の笑顔が絵梨子の失踪の原因になったのだろうか。

舎利堂の前に立つ。藤木はまだ迷っている。このまま引き返しても良いとさえ思っている。だが、彼は靴を脱いで段に上がった。四、五段の階段を上がると舎利堂の入口があり、受付には女が座り込んで彼を見上げている。すでに数人の見学人が畳を静かに踏みしめ、お堂の前に群がっている。受付の女は彼に入場料の値段を告げ、向かいの宝物殿との共通券であることを彼の顔を見ながら説明した。女が彼に何かの疑いを持っているかのように感じる。彼がこの御堂には不似合いなのだろうか。この御堂に似合う人物とはどんな人物なんだろう。それともその女は彼に異様な目論見を見出したのかもしれない。

そして、舎利仏の近くまで行って見ても良いこと、決して手は触れぬこと、納めてある御堂の後ろにも回りこんでみても良いなどと注意を付け加えた。

藤木は声にもならぬ返答を返し、入場料を払い入場券とパンフレットを受け取った。そのパンフレットは駅でもらったものよりも分厚い小冊子になっており何ページにも渡って説明が書いてある。彼はショルダーバックに無雑作にそれを押し込むと御堂に近づいた。遠くに鳥の鳴き声が聞こえた。前に男女の見物客が居て、彼の視線を塞いでいる。女は藤木が後にいることに気が付き、何かを言って横に身体をずらした。

再度、藤木の耳に鳥の甲高い鳴き声が聞こえてきた。彼はもう一歩御堂に近づいた。

完

小説

「昭和者がたり」ですネン

土井　荘平

★アホちゃうか

夜になってパートから帰ると、亭主は茶の間に寝そべっていて、

「お隣へ行ってくれたァ？」

「いや、男のワシが行くよりお前が行ったほうが角がたたんやろ」

「ナンデヤノン。文句言いに行くんとちゃうやんか。どっちのもんか分からん境界の塀が壊れたんやさかい、修理費用半々でどうですか、言うだけやないの」

サラリーマンといっても、三十年、毎日帰りが遅いもんやから、家のことは全部私がしてきたのよ。定年退職して、今はごろごろしてんネンさかい、それくらいはやってくれたらいいのに、という気持ちで見た亭主は、点いていないテレビの画面のほうを向いたまま私のほうに顔を見せず、そうか、きっと行こうと思いながら気後れして行けなくて、私の顔を見るのが辛いのだと気が付きました。

なんちゅうアカンタレや。悪態をつこうとして思い止まり、アカンタレは昔からや、まあシャアナイなぁ、私は胸のギアをチェンジして、わざと廊下をドスンドスンと踏みつけて玄関へ戻りました。

サンダルを突っかけてお隣へ向かいながら、なんでこんな男、好きになったんやろ。見た目、ちょっとはハンサムで、一緒に歩いていても少しは晴れがましかったし、友だちに出会った時など、後ろへ隠れようとするのを、腕をつかんで前へ押し出して、主人やねん、と紹介するのも自慢めいた思いもありましたが、だからといって、好きで好きでたまらない、そんなわけでもなかった。先に好きになりよったんは向こうやった。それやのに私の方から……。ナンデやったんや。

勉強よりもソフトボールに熱中した高校を出て、ＯＬやって五年目、大学出の同い年が入社してきて、私の前に来るとオドオドしているアイツに気が付いた。

だが、胸には自信があったけど、お尻は大きすぎるし、顔は十人並よりはちょっとは上、鏡を見ながら思い込もうとしても、男の目から見てどうだろうかと半信半疑でいた私だから、彼が気があるなんて半信半疑だった。

そんな半信半疑がずうっと続いた。酔ったふりして送らせたりもした。半信半疑から開放されたくて何度もど真ん中へ投げてやったのにアイツはバットを振らない。ハーフスイングで止めてしまう気配だった。二人っきりのデートをオズオズと言い出すまで一年もかかった。それから、数え切れないくらいのデートを重ね、夜の公園へよく誘われて、いや誘ったのか、隣で生唾を飲み込む気配が何度もあったのに、手も握ってこず、やっぱり私は半信半疑のままだった。

あぁ辛気くさ、もうドナイカシテェ、ちゅう気になって私の方から言い出したのは、もう二十七にもなっていて、焦れてしまって、はっきりしないと前にも後にも動けない、と半信半疑から逃れようと思ったんだわ、というのは言い訳で、あんなハシタナイことを口走ってしまったのは、やっぱり好きになっていたということだったのかなあ。そやけど、「今日は、ウチ、このまま帰りとうない」とまで言って身体ごと詰め寄ったのに、アイツは、「あの、あの……」とうろたえているばかりで、私は女から言ってしまった恥ずかしさに耐えかねて、「アカンタレ！」アイツの身体を突き飛ばして背を向けた。振り返ってもみずに足早に歩き、私は、もう何がなんでも、アイツに跪かせてやる。目を吊り上げていました。やっぱり好きだとかなんだとかではなく、ただ女の誇りを取り戻したいばっかりにこうなってしまったのではなかったでしょうか。

「どうやった、隣」――「うん、うまく話、ついたわ」

ホレ見てみぃな、楽勝じゃないの。そんなつもりの言葉を返したが、亭主は、やっぱり顔を向けず、テレビのスイッチを入れて、野球の画面がチラリと映ると、すぐまた消してしまった。

「どうしたん」――「阪神が勝っとる。負けるのん見るの嫌やから消しとくわ」

「アホちゃうか」

点けようが消そうが勝ち負けに関係ないやろ。それにタイガースが勝とうが負けようが、どうやチュウノン、とくだく言いたくなったのに、言うより先に吹き出してしまったのは、実は、思わず口から飛び出した自分の言葉に、とんでもないことを突然思い出したからで、それはきっとさっきまで、なんでこんな男と一緒になったんやろ、なんて昔のことを考えていた流れ、やったんでしょう。

アカンタレ！　から一ヶ月以上も経って、ようやくプライドを取り戻せました。

いつもの公園でした。

「ス、好きやネン」（分かってるわ、そんなこと。その先、早う言わんかい）

「ケッ、結婚……」してほしいと、みなまで言わさず、「アホちゃうか」

連れて行かれたというか、連れて行ったというか、ホテルの部屋、床に正座して、もういっぺん、結婚して、いただきたい。畏まったコイツに、いただきたい、やなんて、時代劇か。何をいただきたいんや、なんてショウモナイこと、思ってしまって、もういっぺん、「アホちゃうか」

そのときは、実は恥ずかしくて恥ずかしくて、ただもう恥ずかしくて、ほかの言葉を思いつかなかったのでした。

それから今まで、アホちゃうか、を何百回、何千回、この男に言ったでしょう。

一緒に暮らすようになってから、初めてそう言いたくなったのは、甲子園球場へ野球を見に行った帰りでした。タイガースのファンなのは知っていました。ヘエッ、赤の他人がやってることなのに、こんなに夢中になれるんだと、周りがみんな立ち上がっており、私も立たないと野球もくそも、なんにも見えず、前のオッチャンの尻を見ていても仕方がないのでやむを得ず席の上に立って、隣でメガフォンを振るコイツの横顔をしげしげ見ていたのですが、帰り道、まったく無口になって、「どうかしたん？」と訊いても、「いや、別に」とよそよそしく、私は、アホちゃうか、言いそうになりました。

阪神が負けたからって、なんでそんなに落ち込むのん。言いたくなったのを辛抱したのは、阪神電車の改札口へ誘導する柵を、思いっきり蹴飛ばして行く男たちを目にしたからで、一銭の得にもならんのにナンデヤノン、女には分からんけど、男いうもんはこんなもんなんやろかと思ったのでした。

後に阪神タイガースが優勝して、喜びのあまり橋の上からスッポンポンになって道頓堀川に飛び込む男が何人もいたのをテレビで見て、オトコちゅうもんは、と呆れかえりました。外見おとなしいウチの亭主の場合は、そんな気狂いじみたものが胸の内に篭っているということでしょう。

定年を迎えるとき、二度の勤めに出るのかと思ったら、誘いがあるのに断って、

「オレ、やりたいことがあるネン。年金で食えるやろ。暫く遊ばしてくれへんか」

「そら、かまへんけど、何すんのん?」

「ホシ、好きやねん」

「ホシ?　ホシって、あの空の星かいな?」

「ウン、その星や、まあ、ロマンやな」

ロマンって、あんたなあ、昔公園で、星が綺麗で、こっちは、ロマンチックな気分になりたくて、キレイなホシィ、言うたのに、空なんて上の空で、横目でウチの胸ばっかり見て、生唾ごっくん呑み込んでたくせに。そう思いましたが、なんとかいう星は何億年も昔の光やなんて、そんなことを調べたい、という話で、

「それ調べたら、どうなるのん？」――「別にどうもならへん。好きなだけや」

そやからロマンやなんて、ホンマにアホちゃうか。でも、その言葉を呑み込んで、

「好きにしぃな。そやけど、ウチはパート止めへんよ」

そう言ったのは、別にアテツケではなくて、年金のほかに少しは実入りがあったほうがと、素直に思っただけで、もう子供も巣立って二人だけの暮らし、出世はしなかったけど、どうにか定年まで給料を運んでくれて、あとは好きにさせてやろ。星かなんか知らんけど、夜空を眺めるくらいやろ。それなら、今まではテレビの前で一喜一憂しているだけで球場にはめったに行かず、気狂いじみているのは胸の内だけだったのが、トラ模様の法被着て甲子園球場通いする、なんてことをされるよりはずっとマシやろ。実はそれを案じていたんです。もしもあんな格好してウロウロされたら近所の手前もカッコ悪い。ホッとしたのでした。

庭に、小さなドームをつくりました。彼の天文台でした。天井が開閉するのです。

へえー、そうしたらどう見えるの。私は訊きました。いや、別に変わらへん。気分ちゅうやつやな。アホちゃうか、言おうとしたが、呆れて言葉も出ませんでした。

アホちゃうか。言おうと思って止めたのは、その二回くらいしか憶えていません。ホンマに口癖のように、三十年、ポンポン、ポンポン、アホ！　アホちゃうか、アホかいな、アホやなあ。言ってきました。

出かけたらと思ったら帰ってきて、「定期、忘れた」――「アホかいな」

廊下で滑って転んだのを見たとたん、「なにしてんのん、アホやなあ」

夜、アッという間に果ててしもうて、「カンニン」――「なんやノン。アホ！」

ある日の夜、珍しく帰宅前に電話があって、何かあったのかと一瞬心配したら、「あのォ、結婚指輪、どこへ行ったか分からへん。洗面所で外したんや。気ィついて洗面所へ戻って探したんやけど、みつからへんネン」

帰ってから言ったら、私がドンナに怒り狂うかと、前もって電話してきたのだと思うと、ふとカワイクて、

「アホ！　もう離婚やな」――「エッ」

「浮気の時に外したんやな。サッサと帰って来なさい。言訳聞いてあげるから」「アッ、あった。内ポケットにあったわ」――「あんたなあ、アホちゃうか」

そんなこともありました。

私があんまり連発するので、この言葉には彼も慣れっこになったようで、たいしたインパクトは与えんようになったようです。私の方も、実は、亭主よりは頭が悪いものですから、先制攻撃しようと思うと、ついこの言葉が出てしまうだけで、本気で言ってるわけではありませんので、それでいいのですが、聞き慣れた亭主の方も、出勤しようとして、「アッ、会社へ、サンダル履いて、行こう、してたわ。……アホちゃうか」などと、ボケて自分でツッコむ、いわば一人時間差トークを、同じ言葉を使ってするようになりました。ありふれたルール通りのトークですが、それでもその場の空気はフッと和みます。そんなことも、言えない男だったのです。習うより慣れろ、でしょう。私の、無意識の、反復教育の賜物でしょう。

口では私の連戦連勝ですが、頭では敵いません。きっと子供の頃からよく勉強してたのでしょう。ひそかに尊敬しています。シンラバンショウ、この言葉、学校出て以来初めて使いますけど、知らないことはないのではないかと思うほど、いろんなことをよく知っています。私が知らないことを訊いたとき、彼が答えられなかったことは、ついぞなかったような気がします。

頭はいいのに、出世は出来ませんでした。前へは出たがらない男なので、なんとなく分かるような気もしますが、それにしても、あのことが、一つの大きな曲がり角になったように思います。

その時、私は、アホちゃうか、とは言わないで、「バッカじゃないの」と、テレビで憶えた、東京風の言葉を使いました。そんな使い慣れない言葉を択んで使うほど、重大な、そして複雑な気持ちだったのです。

四十になる直前でした。外国への赴任内示を受けました。隣国との諍いが起こっていた国で、いつ戦争になるか分からない状況で、在留邦人は帰国したりしていたのですが、会社にとっては大事なプラントとかがあった国でした。もちろん単身赴任で、子供が学校へ行っている状態での留守を独りで守るのはちょっと心細かったし、そんな処へ行く本人のことも心配したのですが、「大丈夫よ」と尻を押すようなつもりで言い切りました。だけど、何日も考え込んでいた末に、断ってしまったのです。私の、許可、もナシにです。

私は、絶句して言葉を探したあげく、「バッカじゃないの」と言ったのです。しばらく、ガッカリしたり、ホッとしたり、ややこしい気持ちでした。当然でしょう。会社の内示を断るなんて、もう出世は諦めないとしょうがないでしょう。でも心配はしなくてすみます。

ガッカリ、のなかには、やっぱり、アカンタレ、なんだ。怯んだのだ。というガッカリもあったのですが、私は、シャァナイなぁ、ギア・チェンジして、私の、バッカじゃないの、に傷ついたのか、何日も俯いている亭主に、「ゴメンネ。もし何かがあったら子供を抱えてどうするやろう、考えてくれたのよね。ありがとう」

おおきに、と言わず、ありがとう、という、とっておきの言葉にしました。私たち世代のナニワの女は、おおきに、とは気軽に言えても、ありがとう、なんて、ふだんは亭主に言えません。

その、ありがとう、の効き目があって、一件落着。その夜は、子供を気にしながら、布団を噛んで声を忍ばせ、身悶えしました。

それに、私、身体も大きく気も強いのですが、女ですから、平和主義者なんです。ホントは、波風よりも、何事もない、穏やかな毎日に身を任せているのが、いいのです。所詮、女は、胸とお尻は大きいが、気は小さい生き物なんです。

だからその後は、亭主の出世などもう望みませんでした。何事もなく勤めてくれれば。子供が丈夫に育ってくれれば。それだけを願って、～行くぞォ、アトム……、子供と一緒に歌って、テレビのマンガを見て、子供が寝ると、遅い亭主の帰りを待ちながら、独りで、日本女子のバレーボール、一人時間差攻撃の妙技に手を叩いたり、プロレス中継に興奮して思わず大声あげて、帰ってきた亭主に無理やりプロレス・ゴッコを挑んで、子供を起こしてしまったりしたこともあった日々でした。亭主も大過なく働いてくれたようで、おかげさまで、下町の長屋の借家からも脱出でき、中古ですが郊外のこの家も買えました。小さな家ですが、赤い屋根です。白い壁です。お庭があります。少女の頃憧れた、絵本の家のような、赤い屋根なんです。お庭にバラを植えました。犬も飼いました。

そうこうするうちに、天皇が亡くなりました。その年、手塚治虫も死に、子供の頃からその歌をいつも口ずさんできた美空ひばりも死にまして、「川の流れのように」を聴きながら、ふとこみ上げてくるものがありました。亭主も、「松下幸之助も今年死んだ」とつけくわえ、「昭和のシュウエンだなあ」と私が字では書けない難しい言葉を使いましたが、当たり前やろ、昭和天皇が亡くなったんやから、と突っ込みもせず、私も、一つの時代が終ったんだ、という何だか切ない想いがあって、彼の言う、カンガイムリョウ、の涙を、止めどなくなく、こぼしていました。

もう息子も独立しました。娘も嫁ぎました。パートに行っているといっても、家計に困っているわけではないのです。幸せなんです。

幸せなんですが、ちょっと不満があるとすれば、隣近所のつきあいがよそよそしいことでしょうか。ザックバランなツキアイがないのが淋しいのです。人恋しいのです。パートを続けているのはそのせいもあるのです。

路地の長屋で育ちました。結婚後もそんな処にいました。隣との境界の塀のこと、長屋ですから塀などありはしませんでしたが、子供同士の喧嘩に首を突っ込んだり、ここの溝は誰が掃除するのかなんて、時には言い争ったりもしましたが、お互い本音で話したもんです。昨晩はガンバったの？　なんて話もしました。そんな路地が懐かしいのです。

私、お上品でいるのがシンドイのです。お上品なここらあたりの奥さんと、上っ面のよそ行きな話をしていると、ナニよ、夜は声出して呻いてるくせに、なんて、思ってしまうんです。そうです。私、声、出すんです。出したいんです。でも、ずうっと、布団噛んできました。そして、この頃は、布団噛むチャンスも無くなりました。構ってもらってないんです。このトシになって、恥ずかしいのですが、でも、私、まだ全然元気なんです。

誰にしゃべっているのかって。誰にも言えませんよ、こんなこと。独り言です。日記みたいなもんです。しゃべる日記です。それはともかく、考えがそんなところに行き着いて、私は目下の一番の不満にやっと気が付きました。

迫ってやろう。そう決心しました。彼はテレビを見ていました。阪神が逆転されたのです。落ち着いて画面を見ていました。私は、彼の背にくっつくように寝そべって、「ねぇ」と手を伸ばしました。

すると、彼はびっくりしたように飛び起きて、目を見開いて、「アホちゃうか」なんやてッ。こんな時に、私の専売特許を盗用して、なんちゅうキツイお返しや。私は、恥ずかしさに目の前が暗くなって、実は弾かれたように立ってしまって立眩みして、ふらふらしながら、恥ずかしくて恥ずかしくて、腹が立って、もう許せん、四の字固めだ。思いつくのに事欠いて、古いですねえ、四の字固めなんて。この頃はプロレスも見ていないからでしょうが、ともかくそう決心した昨夜でした。

その後のことは、女の私にはしゃべれません。もうシャベリ過ぎとるやないか。自分でツッコミを入れて、やっぱり平和なんですねえ。爽やかな朝です。露地植えのチューリップが、赤、白、黄色。春なんです。ささやかに、でも、じゅうぶんに、幸せなんです。大声上げて、「川の流れのように」を歌いながら、掃除機、かけていて、ふと、ゆるやかな川の流れに、身をまかせているような気分になっていました。

あれから、随分年月は流れ、あの昭和は遠い昔になってしまいました。今では私が我が家の天文台で、夜空を眺めています。あの星かな、この星かな。そうです。彼は星になってしまったんです。

彼の星を探していると、ふと星々がいっせいに潤んで霞んで、「なんでウチの許可もナシに先に行ってしもうたん。ほんまに、アホちゃうか」は涙声になってしまいました。

詩　三編

山中　知彦

富士を仰いで

いつどこから見ても
美しく気高き富士の威容
それはあたかも
最高峰の人格を象徴しているように見える
圧倒的な存在感
圧倒的な大きさ
幽玄なまでの美しさ
迫害の象徴である白雪の冠を
優雅に頂いている

師匠と弟子の
不二《ふに》の道に徹した人が
不二《ふじ》となることができるのか

生前審判《せいぜんしんぱん》

ハッブル宇宙望遠鏡がとらえた驚愕の映像
巨大なガスの塊の中から今まさに生まれようとする星々
爆発とともに死にゆく星々
銀河と銀河が衝突し一つの銀河となる姿
我らの住む銀河系も40億年後には
隣のアンドロメダ星雲とぶつかって一つの銀河になるという

人に与えられたわずか一瞬の生を
ソクラテスは欲望にほだされることなく善く生きよと説いた
そして　無知を自覚せよと訴えた
哲人が見極めた人の世の不幸の一凶　それは慢の一字

仏教の敵となる三種類の人々を仏陀は定めた
すなわち　俗衆《ぞくしゅう》増上慢　道門《どうもん》増上慢　僭聖《せんしょう》増上慢と
いずれも無知を自覚せぬ慢心の人々を指す

かつて此処田端は　芥川という巨星を中心に
銀河の星々のごとく　知の人材群が輝きを競った
しかしそのすぐ後にやってくる生命軽視の魔性の時代には
あえなく焦土と化し滅び去ったのだ
芥川の盟友は　その時代精神をおおいに鼓舞し
国もろとも文学の心を滅ぼしてしまった
生命尊厳の要塞となりえずして　一体なんのための文学か
まさに驕れるものは久しからず

一人の人間の生命に内在する　限りなき尊厳
宇宙のすべてを収める一心の広大さ

時空の果てまで影響を及ぼす善なる言動
歴史は時折時節を選んで人々に審判を下し
驕り高ぶる者に裁きを加え　善く生きるものに勝利の栄冠を与える

膨張し続ける果てしなき大宇宙の中で
瞬きのごとき刹那の運命の我らなれども
良心の価値はあまりにも大きい
反面　良心を壊す罪はあまりにも深い
真の意味で　無知を自覚し　善く生きる人々が増えたならば
この星はどんなにか繁栄しその美しい輝きをさらに増すことだろうか

提婆達多《だいばだつた》

仏《ほとけ》の暗殺を企て　実行に移し
それを咎めた女性を　殴り殺したという
悪魔の化身　提婆達多
彼の生まれ変わりが　今の世にもいるではないか
テロリストの本性は
自らの精神の脆弱性《ぜいじやくせい》を克服できない
心の弱さにある
彼は　調和と美とを求めることをあきらめた
退転者《たいてんしや》である
慢心は　雲を突き抜けるほど高いのに
権威の前には一瞬にして
蚤のように小さくなる

目に映る人はすべて詐欺師に見え
不愉快なことはぜんぶ世の中のせいだ
彼は心の中で叫ぶ
おれのような不幸な人間をつくったのは誰だ
誰がこんなおれをつくったのだ
もしもこの世に　造物主などというものが存在するのであれば
おれがこの手で抹殺してやる
この世に善というものはない　あるわけがない
おれは　おれのような不幸な人間をつくったこの宇宙を恨む
永久に恨む　呪う
報復せずにはおかない

残虐極まるテロリストは
科学者をも魔法にかけ
王となる野望を胸に

神と世間への復讐を開始した
その結果
二度と戻らない人生であるというのに
何万回もの死刑宣告を受ける身となってしまった
提婆達多よ　この怠惰な思いあがりの豚よ
大地は裂け　生きながらにして無間地獄《むげんじごく》に堕ちたものよ
この思いあがりの豚の本当の恐ろしさをまるでわかっていない
この国の人々のおめでたさといったらない
もっとも凶悪で罪深いもの
それは　勝ち続ける人間に対する
自分に負けた人間の妬みだ

人類の敵　テロリズム
アメリカも躍起になっている　テロとの戦い

向上心のないやつは馬鹿だと日本の文豪が言ったが
生命の真理について探求することを怖がっている人たちも
厳しく言えば　テロの加担者ではないのか
オウムで終わりではないのだ　同類がごまんといるのだ

自分に負けた心の器に
猛毒の道徳が流れ込み
勝利者への妬みとなって煮えたぎると
テロリズムとなって噴き出《いず》る

提婆達多よ　この怠惰な思いあがりの豚よ
肉体労働の尊い汗を流し　少しは贅肉を落としたまえ

勝利者の集いの中心に勝利王がいるように
敗残者の群れの中心に　残酷の泥で塗り固められた提婆達多がいる

私は永久に戦い続ける
誰もの心に潜んでいる
提婆達多という怪物と

小説

壁

上遠野　秀治

思わず聞き返すと隣の独房からは「声が大きい」というイラついた老人の声が返ってきた。

男は胸中の反感を抑え、声を殺して再び「抜け穴だって?」と聞き返す。

死刑囚の収監された独居房が並ぶ一角である。房はおよそ二メートル四方。窓はなく、夜中でも薄暗いオレンジの常夜灯が照らす陰気な廊下の片側に横一列に並び、囚人同士が顔を見合わせられない作りとなっている。

正面の鉄格子は目が狭いので物のやり取りはできないが、顔を寄せれば夜中に看守の耳を逃れて話をする事くらいは可能だった。

それにしても老人の言葉は唐突だった。いくら退屈な独房の生活とはいえ刺激が強すぎる。

「笑えない冗談ならよしてくれ。そういうのは腹が立つ」

「まあ待て。短気を起こすんじゃない」

男はぐっ、と言葉に詰まる。もう少し我慢強ければ、こんな窮屈な場所に押し込められる結果にはならなかったかもしれない身の上だ。老人はその辺の胸中を知っているので、事あるごとにその言葉を使ってくる。

こんな事なら自分の事など話さなきゃよかったと舌打ちしてから、男は格子のところまで戻った「それで？」

「お前、少しは目上を尊敬できないもんか」

「嘘吐きは尊敬できない」

「嘘じゃねえさ」と老人はなぜか愉快そうだ。

「ふうん」と言いつつ男は鉄格子に体重を預け、聞く体勢を作る「で？」

老人が話し始めたのは、刑務所の伝統とでも呼ぶべき物語だった。

それによると、昔この場所では異民族との戦いが繰り返され、堅牢な石組みの砦が築かれていた。戦いが終わった後も砦は残りその周辺に人が住むようになった。砦は行政庁舎として使われたのち、今から百年ほど前にコンクリートで大改装して刑務所として生まれ変わったのだという。

「しかしこの時だ」老人は自分の語りに熱中している。

男はあくびを噛み殺して「おう」と相槌を入れる。実のところ殆ど頭に入っていない。

「しかしこの時、工事をした連中が手抜きをしてな。窓や扉の跡にゴミを適当に詰め込んで、適当にコンクリートで塗り固めちまったんだ」

「ゴミ捨て場ってわけだ」

「表面だけ綺麗に仕上げた、な。つまり窓や扉があった場所のコンクリートは中身がボロボロになっている可能性がある」

「それが抜け穴って事か？　で、そりゃ、どこにあるんだ」

「そこまでは知らん」

「やっぱり、作り話か」ほんの少しだけ感じ始めていた興味が失せて、男は溜息を吐いた。大きなあくびまでも漏らす「もういいよ」

「待て待て。もしかしたらお前の房に、抜け穴があるかもしれんだろう」

「教えてくれてありがとよ。あんたも……さっさと休めよ」

男は鉄格子を離れた。そうするだけで分厚い壁に阻まれて老人の声は届かなくなる。格子を爪で叩くような音がしばらく続いていたが、汚れた毛布にくるまって目を閉じると意識は急速に鈍重になり、男はすぐに浅い眠りへと誘われていった。

それは思いがけない、しかし当然の結果がもたらされた朝となった。

朝食前のひと時を過ごしているところへ、囚人を圧するが如く革靴の音を響かせて複数の看守が廊下を進んできた。何事かと格子の隙から様子を伺えば、罵声を浴びながら進む看守らの表情は決然と硬く、普段ならいくらか同情的な彼らの目許は深くかぶった制帽の目庇の陰。

この上もなく明瞭に理解する。

彼らは仕事に来た。

看守団は男の目の前で足速を緩め――老人の房の前へ。

喧騒を圧して降る看守の声。

「囚人第二〇八八号。本名――。間違いないな」

「よし。先日所長室で通達した通り、本日、〇月×日を以って囚人第二〇八八号の死刑を予定通り執り行う事になった。出ろ!」

うおおお！

囚人たちが異様なまでに熱狂する。興奮状態に陥った連中が格子扉を掴んで揺さぶる音がする。そんな喧騒に混じって甲高く鉄扉の開く音。

「さあ、出ろ」

「もう準備は出来ているはずだろう？」

ずるずると、何やら揉み合う気配。やがて視界に入ってきたのは制服を乱して腕を伸ばす看守に押さえられた貧相な顔の老人。その口から漏れる微かな哀願。

聞きなれた声に、見慣れない顔がくっ付いているとは奇妙な感じがするものだ。

もちろん、悠長に挨拶を交わす場面ではないし目が合ったのも一瞬の事だったが。

実際、老人はこちらの事など見ていなかったのかもしれない。最後のあがきとはこうするんだとばかりに歯を食いしばり腕を振り回して暴れる。しかも足腰に力を入れず、糸の切れた操り人形のように自立しないから看守が二人掛かりで廊下を引き摺っていかねばならない。

誰かが狂ったように喚いて格子を叩き続けている「奴が死ぬぞ！　奴が死ぬ！次は誰だ！」耳障りな笑い声が廊下を駆け抜けていく。

パレードの聖人のように囚人の熱狂に送られて、ついに老人は廊下の奥へと姿を消してしまった。もう二度とは戻らない。

気が付けば割れ鐘のように脈打っているのは自分のこめかみの辺りで、知らずに押し付けていた顔を鉄格子から離すと血流が戻って一瞬気が遠くなる。膝から力が抜けていくのを鉄格子に縋り付いて踏み止まり、老人が向かった廊下の先から意識を逸らさない。

些細な変化も逃さないつもりで目を見開くが、もはや狂躁は徐々に消え去るのみで、あとに残った空虚を沈黙が埋めていく。騒ぎ疲れた囚人たちは口を閉ざし喪に服すかのよう。その実態は未だ来ない己の死と向き合っているのだ。

男も房の中に戻り、死がやって来るのを目にした恐怖に身体をぶるっと震わせた。

これが裁かれるという事か。

ああ。喉が閊えるような息苦しさ。唾を飲み込むのもままならない渇き。身体の芯が崩れていくような震え。

突然、死にたくないと叫びそうになって慌てて自制する。

……そうだ。

抜け穴。

ふらふらと視線が壁を彷徨い、抜け穴の幻がそれを追いかける。

堅牢に立ちはだかる壁には亀裂一つなく、その存在が圧力を伴って視界一杯を埋め尽くす。都合のよい抜け穴を秘匿しているようには見えない。

だが、僅かな希望でもいい。

冗談のような噂話に縋ってでも自分を奮い立たせなければいけない。このまま絶望に飲まれ、ただ死を待つなど御免だ。

抜け穴を探すのだ。

男は暗い瞳で目の前の壁を凝視し始めた。


それから一か月が経った。

結局、抜け穴は見付からなかった。

当然と言えばそれまでの事。しかし希望を絶たれた男にとっては死刑の宣告と同じようなものだ。

救いがあったとすれば間を置かず本当の死刑宣告が男に下されたことか。皮肉だが、絶望の日々から解放されるならそれも悪くない。

やはりあの老人の話は嘘だったのだ。この壁を越える事など出来るはずがなかったのだ。

思い返せば彼はいつも壁と対峙してきた。人の、社会の、心の壁に幾度阻まれ、囚われ、絶望してきた事だろう。

壁、壁、壁。どこまで行っても壁ばかりだ。

もう疲れてしまった。もう、どうでもいい。

あとは刑の執行まで静かに過ごそうと思った矢先、隣の房に新しい囚人が入ってきた。まだ若い男で、とにかく活きがいい。大声で悪口雑言を喚き散らし、自分がいかに大物の極悪人であるかを吹聴する。

哀れだ、と思った。ここで大声を張り上げても意味がない事を理解できないのだ。必要以上に関わるのは避けようと思っていたのだが、今朝の事だ。若者が朝食を配る看守に向かって「すぐに脱獄して復讐してやる」と吠えた時、すっと頭の芯が冷えたのを感じた。

ほう。と思う。すぐに脱獄、だと。

この一か月の間、幻想を探し回って味わった絶望、後悔、憎しみの感情が脱獄という言葉に呼び覚まされて頭をもたげる。

お前は本当に何も分かっていない。

静かだった心に細波が立つ。沈めておいた本性が目を覚ます。男は久し振りに口元に笑みを浮かべた。それは残酷で冷酷な加害者のそれへと変貌していく。

その夜、加虐の期待に心を躍らせながら男は隣の独房へ話しかけた。

「なぁ、聞こえるか」

「隣のおっさんか。気安く話しかけるんじゃねぇ」

「そう警戒するな」まるで少し前に交わした会話の再現のように思えて、自然と声に笑いが滲む。ああ。そういえばそうだった。

ここに入りたての頃は自分も粋がっていた。何も知らず出来もしないことを喚き散らす事しかできなかった。

こいつは俺だ。俺は老人だ。大言壮語して嘯き、自分自身をも欺き、他者を顧みる事もない。それ以外のやり方を知らない人種。

ほんの一瞬、切り裂くような悲しみが襲う。これは一体、誰が誰のために感じた悲しみなのか。しかしその理由を意識するより早く男は口を開いていた。

「あんた、脱獄したいんだろう。なら、こんな話を知っているか……」

それは語り継がれる、壁の中のフォークロア。

人間の枠組みを踏み越えようとした人々の物語。

夜警の看守は話し声に足を止め、耳を傾けた後、諦めたように首を振ってその場から離れた。

おわり

詩＝三篇

みずしな　さえこ

1　喪失の午後に

初めて髪に白いひとすじを発見した時
気になっていた眼尻の小皺が定着した時
初めてシニアグラシィズを必要とした時
不本意にもヒールの靴が履けなくなった時
初めて己れの乳房　尻の弛《たる》みに気がついた時
いよいよの女の証《あかし》、月のものが無くなった時

女は女を失ったというのか
飛び行く残酷な時間《とき》の行進の中で
女は自ら女を剥脱したというのか
あきらめと嘆きとおののきの中で
　それで
女は果たして得るものはあったのか
それとひきかえに女は何を得たというのか

考えるには及びますまい
人を生きるということはそういうこと
　そういうことだから
今や男も女もない
恐れるものは何もない
　ただ
人を生かされているだけのこと

だけのこと
もはや失うものは何もない
ますます人間になっていくだけのこと
ますますの人間になっていくだけのこと

2　この世というやつに

はかり知れないの
はかってはいけないの
想定外とか未曾有とか

時に母なる大地は
何かに突き動かされ昏い眠りから目覚める
縦横に剥き出しの轟音をとどろかせ

時に母なる海は
何かに揺り動かされ雄叫びを挙げる
上へ上へと波の剣《つるぎ》を前へ前へと波の壁を

はからずも生かされている

人が喜怒哀楽を表出せざるを得ないように
ある日突然大地と海は己れの存在を証明する

宇宙の波動を浴びて漂う地球よ
大地と海を戴く父なる地球よ
あなたに蔽《おお》い被さるこの世というやつに
教えてやってはくれまいか
聞かせてやってはくれまいか
大地に大地の魂があるならば
海に海の魂があるならば
この世というやつに　だ

はかり知れないの
はかってはいけないの
想定外とか未曾有とか

3　童とエロスと暑熱と

ゆらりぬらり　ゆらりぬらり
かげろうさえも　あとかたもなく
溶けて消えゆくを　潜り抜ければ
辿りつくはやっぱり　ぐらぐら　セピア色の夏

狂った特権に支配されたひと握りの大人達
仕掛けたは嘘で固めつくした非道の戦い
虚脱の無風がやっとそれでも終いを告げ
何もかも剥ぎとられた　ぐらぐら　セピア色の夏

Oh《オヤ》　ぴらっひらっぴらっひらっ童のいのち弾けてか
荒いざらしの木綿一枚　裸の男《お》の子女《め》の子
金色の陽ざし　青緑の葉音さやめきに

いったりきたり　童のいのち　軽やかに乱舞して
Oh《オヤ》　尻もちついたかの両足を広げた男《お》の子たち
つと　それが使命かと跨がりおい被さる女《め》の子たち
ほの白き小布の部位　こすり合わさり　ゆらゆらと
Ah《アア》　交わす至福の笑みはその意味さえ知らずして

ゆらりぬらり　ゆらりぬらり
かげろうさえも　あとかたもなく
あれから今も　ぐらくらの夏
あれから今も　理不尽の夏
flashbackはセピア色の熱夏に焼きついた
童の鼓動　無垢の戯れか

［作者＝愛知県名古屋市・在住　詩人・女優］

詩・三篇

おしだ　としこ

一、青虫のように

セミはあたりの炎暑を撹拌して
ひと夏のほんの　いっときを謳うために
地中で長いときを耐えるのだと
ピーナツほどの体内で息づく
息《おき》が年月を耐えさせるのか
それとも　魂のほとばしりなのか
夏の日盛りに唄うように語るように
鳴きおえる　潔く透明な身体を脱ぎ捨てて
永遠へ手渡す命のバトン・パス

夏の昼下がり　枝さえゆらさず
声をはりあげる　その下に立つものの
頭上に　しずくを落とす
ここにいるよと　言いたげに

人の暮らしには見えない枠や
しがらみが錯綜して
はみ出したものは打ち捨てられて
こころを閉ざしてどれだけ　暗渠で耐えれば
セミのようにひと夏を唄えるのだろう

青白い時代に
人生の入り口でうろたえながら
鉢植えのパセリで華麗に変身する

青虫にあこがれるのだが
土足で踏み入るものの
仮面をはがせば
殺虫剤をふりまく悪意の温床

何にも染まらないように
かたく閉ざしたココロは波打ち
その瞼はたえず痙攣して
正直に悲しみ苦しみを訴えるのは
わがままだと捨て置かれて
エビのようにココロを折り曲げて
膝をだいてうずくまる

耐えるためにすべてを閉ざしても
夢の中まで押し入って来る

暴漢の影にうなされて
真っ白な紙に不信の文字を書き散らす
無垢なものの屈折した精神のヒダから
とぎれ　とぎれに嗚咽がもれていた

二、一頁の物語

幼年の空はいつも碧く澄んでいた
むじゃきに野を駆け
菜の花の色にそまりながら
飛び立つときのために
けん命に幼い羽づくろいをしていた
草原にねころがって草笛を鳴らし
手にふれるもの　すべてをオモチャにして
幼年の世界は　無限にひろがり
夢中になって一ページの美しい物語を
書いたけれど……

いつの頃からか
いささかほどの現なり　と逆夢に追われ

おなじ青空の下で手をつないで
歩いた友だちの傾いた背に
星霜の轍があざやかに印されている

幼年のうつくしい物語は未完のままで
咲き匂っていた花のかたちさえ
おぼろらになって
それぞれ暮色の道へまぎれていった

三、幼年の虹

雨あがりの空に
水平線をまたいであらわれる
虹を駆けてゆくなら　きっと
コスモスの咲きみだれる村へ
たどり着けるにちがいない　と
想い描いて飛ばしたシャボン玉の
ゆくえも知れない
幼年のファンタジー

真っ白なスケッチブックに
とりとめもなく描いた風景は
いつのまにかセピア色にあせて
夕暮れの空にうかぶ切れ切れの

雲になって流れた幼年のメルヘン
しあわせって　どんな形？
しあわせ色って　どんな色？
しあわせの樹って　どんな樹？
そこへ行けば　あきらかな形を
この手で触れられるに違いない
見果てぬ　宙をかけていた
幼年のイリュージョン

けんめいに膨らませた
風船は一瞬のためらいで
ゆるめた手もとから飛び出して
行く先もつげずに消えていった

［作者＝名古屋市在住　詩人］

童話

カマちゃんの夢

たかはし　ゆみこ

秋風が吹いていた。オレはセイタカアワダチソウの花の上で横たわった。やさしい月の光に包まれて、命の灯が消えようとしている。でも、オレは満足だった。目を閉じて、幼い姉妹のネェーネとメグちゃんに出会ったときのことを、思い出していた。

それは、五月のさわやかな朝のことだった。オレは、大きく息を吸って、そっと目を開けた。いきなり、黒い丸いものが目の前に現れた。人間の目というものを、初めて見たのだ。

「ギャー！　動いた。ネェーネ、何かがぶら下がっている」

「うわぁ！　本当。バァバ、早く来て」

「カマキリ、カマキリの赤ちゃんよ」

バァバと呼ばれた人間が、オレを見つけて叫んだ。

オレは、カマキリの赤ちゃんなのか？　周りを見渡した。

ユスラの木についている茶色のかたまりから出た透明の糸に、薄い黄色の一センチくらいの虫がくっつき合ってぶら下がっている。数十匹、いや百匹、もっといるかもしれない。

横には、まだ薄い膜をかぶったえびのような幼虫みたいなのもいるし、膜はもう破れてなくなり、ユスラの木に上っているのもいる。下を見ると、足をすべらせて地面に落ち、アリに引きずられているのもいる。オレは、やっと膜を破り、やれやれと思ったときに、人間の目に止まったというわけだ。

「カマキリの赤ちゃんの誕生よ。めずらしいわ。ケータイで写真を撮ろうね」

バァバはそう言って、何やら四角いものを、オレに向けた。身構えたが、目の前でカシャカシャと音がしただけだった。

「写真、ジィジやパパやママに見せてあげようね」

「見せて。メグちゃんが一番に見つけたのだからね」

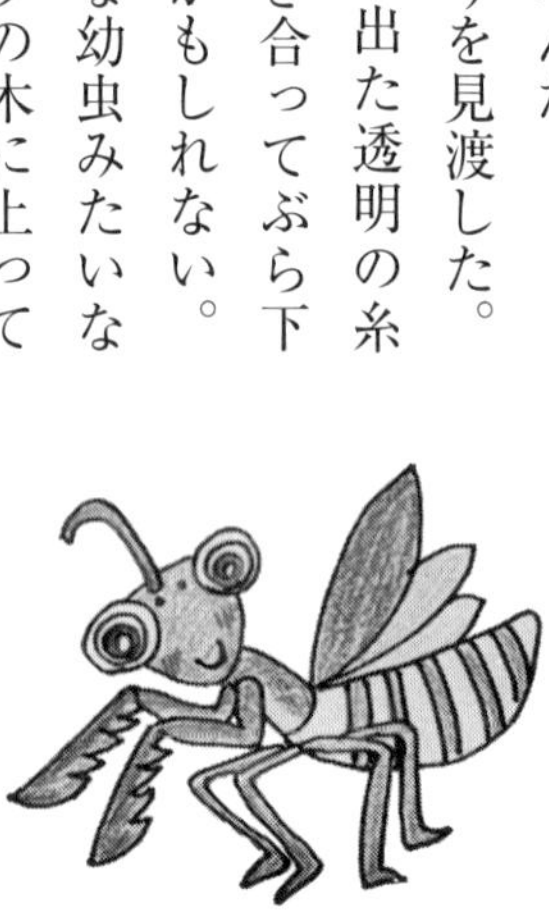

一番先に目が合ったのが、メグちゃんという人間らしい。

「ネェーネにも、見せて。でも、このカマキリ、おひげが一本しかないよ」

オレは、驚いて四角いものをのぞきこんだ。本当だ。でも、どうってことないや。

「カマキリはね、虫の中でもギャングといわれるほど強いのよ」

バァバが言うと、ネェーネとメグちゃんは、丸い目をもっと丸くした。

「カマキリは、前足の二本のカマで、他の虫をとらえてえさにするの。その大きな目でギョロッとひとにらみして、カマを振り上げて、自分よりも大きなのにも立ち向かうのよ」

「へェー！　本当に強い虫なのね」

ネェーネが言った。

「カマキリの赤ちゃんも、大きくなって結婚して、お母さんカマキリとお父さんカマキリになるの。そして、お母さんカマキリは赤ちゃんを産むのよ」

バァバが言った。

「じゃぁ、私も大きくなったら、お母さんになって、赤ちゃんを産むの？」

メグちゃんがたずねた。

「そうよ。ネェーネもよ。バァバがママを産んだように、ママがネェーネとメグちゃんを産んだようにね」

メグちゃんは、うれしそうにニコニコして言った。

「そうか、このカマキリもお母さんカマキリになって、赤ちゃんを産むのね」

オレはあわてた。ちがうよ。オスのオレは、お父さんカマキリになるんだよ。

「それでね、カマキリには、いろんな敵がいるの。クモ、コウモリ、カラスやスズメバチなどね。お父さんやお母さんになるのには、敵に負けない強い体を作らなければいけないの。そのために、脱皮といって殻をぬぐたびに大きくなるのよ」

バァバは昆虫博士のように言った。オレは脱皮して、大人になるのか？

「こんな小さな赤ちゃんが、大人になるのね」

メグちゃんが言った。

「大人になると、カマキリは羽がはえてくるのよ。メスは重くてとべないけど、オスはとべるのよ」

「オレハ、ハネガハエテキテ、トベルノカ」

バァバの言葉にだんだんうれしくなってきて、透明な糸をたぐって、ユスラの木に上った。三人はずっと見ていたが、仲間がみんな上り終わると、よかったねと、言いながら、家の中に入って行った。

木に上ったオレたちは、足のギザギザのカギを葉っぱに引っかけて、ブランコしたり、追いかけっこして遊んだ。そのうち、あたりがだんだん暗くなり、空気がひんやりしてきた。オレたちは、つるをつたって、あかりがもれる窓辺にずらりと並び、家の中を見た。

「今日、メグちゃんが、すごいことを発見したの」

ネエーネが言うと、バァバがさっきのケータイを見せている。

「そうよ、カマちゃんっていうのよ。私が名前をつけてあげたの」

メグちゃんは得意そうに言った。

「ヘェー、それはすごい発見だね」

ジィジが言うと、パパやママがうなずいた。

「でも庭中、カマキリだらけになって、バァバが育てている野菜が食べられてしまったら、こまるわね」

ママが心配そうに言うと、

「カマキリは、野菜についているアリマキを食べて、野菜や葉っぱは食べないよ」

パパの言葉に、ママもバァバもほっとした顔をした。

「カマちゃんは、いい虫なのね。早くお母さんカマキリになぁれ!」

メグちゃんが言ったので、みんなが笑った。

メグちゃんたちには、パパやママ、ジィジやバァバがいるのに、オレのお父さんやお母さんは、どこにいるんだろう? あふれそうになった涙をぐっとがまんした。丸い月がオレたちを照らし、星たちがまたたいていた。

朝になり、お日さまの光を浴びて目をさました。朝顔の葉っぱにたまっている朝露をゴクリと飲んだ。体がシャキッとなり、突然、お腹がギュルルとなった。朝顔のつるについているアリマキを見つけ、ノコギリのようなカマでつかまえた。初めての食事だった。「ウマイ!」体中に、力がみなぎってきた。

えさをつかまえるのに大切なカマを、きれいにみがいておこうと思った。

オレたちは、ネェーネとメグちゃんの庭から、野原をめざして出発した。

やっと、家の玄関に咲いているカサブランカの花までたどりついたとき、

「シマッタ! タスケテクレ」

クモの巣につかまったのだ。ネェーネがオレを見つけて、大声で叫んだ。

「大変、大変。カマちゃんがクモにつかまってる」

バァバは、急いでクモをほうきで追い払って、助けてくれた。あー、こわかった。

ふるえるオレをバァバは、ネェーネの手の上にのせた。メグちゃんが言った。

「早く大人になって、だれにも負けないお母さんカマキリになってね」

「オレハ、オスナンダヨ！」

大きな声で叫んだが、人間には聞こえないらしい。

オレたちは何日もかかって、やっとのことで野原にたどり着いた。野原には、たくさんの虫がいた。これだと食事にはこまらない。草花の上で、えさを待ち伏せすることにした。チョウチョが、ひらひらと花のみつを吸いにきた。えいっとばかりにカマを伸ばして、チョウチョをつかまえた。ごめんよ。オレだって生きていかなければならないんだよ、と心の中であやまった。

オレは脱皮を繰り返し、八回目の脱皮したとき、水たまりにうつった自分の姿にびっくりした。体は八倍くらいに大きくなり、緑色で三角の顔に大きな目がついていて、羽がはえている。これが、オレなのか？

「ヤッター。コレデ、オトナニナッタゾ」

うれしくなって、とびはねた。

バサッ。いきなり、上から何かが、かぶさってきた。

「カマキリ、つかまえた。」

人間の男の子が、オレをつかまえて、緑色のカゴの中へ入れてしまった。オレはカゴの中で必死に足をバタバタさせて、暴れまわった。しかし、とうとう疲れ果てて、気を失ってしまった。

気がつくと、朝になっていて、学校へ連れて来られていた。五年一組の担任のショートカットの女の先生が入ってきた。

「松浦先生。カマキリつかまえたよ」

男の子が、胸をはって言った。オレは首をぐるぐる回して、体をゆすって周りを見た。オレの目は小さな目が数万個集まって一つの目になっているから、よく見えるんだ。周りの中の一人が叫んだ。ネェーネだった。

「このカマキリ、どこで見つけたの？　リョウ君」

「家の近くの野原だよ」

リョウ君が答えた。

「オレダヨ。キガツイテヨ」

祈るようなポーズをして、ネェーネを見つめて叫んだが、声は届かない。あのときは、赤ちゃんだったからな……。

ネェーネは、穴があくほど、じーっと見つめて言った。

「おひげが一本しかない。間違いない。やっぱり、あのときのカマちゃんだ」

ネェーネは、一年三組の教室へ行って、メグちゃんを呼んできた。

「本当だ。カマちゃんだ。すごい！　羽がはえてきたのね。カマちゃんはお母さんカマキリになるんだよね」

メグちゃんが言うと、松浦先生が昆虫図鑑を持ってきた。

「おひげは触角といって、臭いをかいだりするときに役立つらしいけど、一本でも十分なのかしらねぇ？　でも、このカマキリは、オスみたいよ。オスはお腹の先に短い棒のような突起があって、お腹の幅もメスより細いんだって」

「えっ、カマちゃんはオスだったの。私たち勝手にメスだと思い込んでいたけど」

メグちゃんは、ネェーネと顔を見合わせてペロリと舌を出した。

「じゃぁ、カマちゃんはお父さんカマキリになるのだから、逃がしてあげて」

ネエーネとメグちゃんがいっしょうけんめい頼んでくれた。

「カマキリは、結婚したら、お父さんカマキリもお母さんカマキリも、天国に行っちゃうのよ」

松浦先生の言葉に、

「カマちゃんも死んじゃうの？　そんなのいやだ。それなら、お父さんカマキリにならなくていい」

メグちゃんは泣き出してしまった。

「そうだね。でも、カマちゃんは本当はどうしたいのかしら？」

みんなは、シーンとしてしまった。

しばらく考え込んでいたリョウ君が言った。

「もし、ボクがカマちゃんだったら、どんなことがあっても、子供のためにお父さんカマキリになるよ」

「お父さんカマキリになるのが、カマちゃんの夢だったら、私たちも応援してあげようよ」

ネェーネの声がふるえている。メグちゃんはしゃくりあげながら、うなずいた。

「私たち人間は、家族と一緒に暮らせて、幸せだもんね。カマちゃんは家族と一緒に暮らせないけど、お父さんになることを応援してあげようね」

松浦先生が笑って言った。

「さあ、野原へ逃がしてあげましょう」

「アリガトウ。オレハゼッタイニ、オトウサンカマキリニナルヨ」

オレは、野原に戻った。

そんなある日、どこからか、スズメバチがとんできて、メスのカマキリにとびかかろうとしていた。オレがメスを守ろうとすると、スズメバチはすごいスピードでとびかかってきた。大きくカマを振り上げて反撃した。羽を広げ、三角の顔をとがらせ、大きな目でにらみつけて、胴体を回転させて回しげりをした。命中！

「イタタタ！　こんな強いカマキリは初めてだ」

スズメバチはそう言って、逃げていった。

「タスケテクレテ、アリガトウ。ユウカンナカマキリサン」

オレはうれしくなった。そしてオレたちは仲良くなって結婚した。

それから、お母さんカマキリは、セイタカアワダチソウの茎に白い液をくっつけて、お尻で泡立て、その中にたくさんの卵を産んだ。

セイタカアワダチソウが秋風に揺れている。

「カマちゃん、お父さんカマキリになれてよかったね」

うすれゆく意識の中で、ネェーネとメグちゃんの声が、聞こえたような気がした。

スポンジのボールのような卵のうの中では、新しい小さな命が春を待っている。

小説

みんな夢でありましたか　ヨシオくん

橋　てつと

酒無き陶酔の季節にボクらは出逢った。志布志湾から潮騒が届く旧い校舎で〈風が吹き抜ける老松のとよもすもとに　瞳をあげて見晴るかす船路の行く手〉と校歌を歌い、思春期の誰もがそうであるように自由を求めた。木造校舎端っこの狭い文芸部室、そこは自由に溢れ、受験生という鎖をいつでも解いてくれるのだった。

だが。文芸部とはいうもののダべる内容は青春論や青い人生論ばかりで、一九六七年のその年、初めて沖縄から芥川賞を獲った大城立裕の〈カクテルパーティ〉や大江の〈万延元年〉の文学が話題に上るなどは無かった。図書室の蔵書は旧い日本文学や世界名作の類ばかりで新書を目にする機会が無かったからだ。マンガは話題になった。〈あしたのジョー〉が始まった年末、知っているかと訊いてきたのはヨシオだ。ファイティング原田に似ているといわれボクシングファンだったボクは、勿論と即答した後に続けている「面白くなりそうだな」。〈我々はあしたのジョーになる〉と、よど号機上から赤軍が宣言するのは三年後で、メンバーの弟で、後にロッド事件を起こすナンバダイスケと鹿児島べ平連で一緒になるなんてその頃想像もできやしない。ボクは愛国少年だった。〈ジョー〉の作者ちばてつやの〈紫電改のタカ〉の愛読者でもあったのだが、そこから反戦思想をくみ取る社会性等はすっぽり欠落していた。それでも。時代の潮流に社会問題を語る会を作るべしと促され、ボクは黒板に檄文を書く。文芸部からヨシオにシン、級友ではアイなど十人近くが集まると、放課後の教室で活発な議論、例えばベトナム戦争や文化大革命をテーマに激論が交わされる、筈だった。だが鳥となって社会を俯瞰するは叶わず、雛にすぎなかったボクらの話題は文芸部室と代り映えのしない人生論だった。

文芸部誌〈奔流〉第二十号に、〈長い長い道程に　今こそ私は踏み入るのだ〉とシンは決意を綴り、〈秋の創造者　それはやっぱり少女自身でした〉とマリはメランコリーポエムを。〈イワンが月のお姫様をつかまえた　わたしの夏の終わり〉はツィッギーに似ていたトミコ。〈くるみ人形〉という詩を書いたサチコは後年北村太郎と田村隆一の詩人論を上梓する。ボクは幼稚な愛国少年風随筆を出している。秋に始まった〈オールナイト日本〉は、深夜密かに都会への憧憬を育んでくれたのだが東京の私大には落ち、地元の国大に滑り込んだボクだ。山岳部に入部した後はバイトに懸命で、金が入ると単独山行に出ていた。ヨシオは一浪後、長崎の公立経済大に合格し、梅雨明けを待ってヤツをビヤガーデンに誘った。「おめでとう、カンパーイ」を大ジョッキで繰り返して五杯目、勢いよく当てたジョッキを破壊してしまう。弁償要求されるのを恐れて逃げ出すしかない貧乏学生だった。鹿児島の会社員を辞め、実家に戻り公務員の受験勉強をしていたシンからは時々便りが届いていた。「二次試験が終った。作文テーマ、まるで俺におあつらえ向きの〈読書と私〉には笑ってしまった。今は日直バイトをしながら読書三昧だ、フロムにスタンダールに大江に、聖書とかだな」と。

一九六九年、燎原の火の如く全国に展開していた大学紛争を圧殺すべく権力は大学管理法の制定を策動し、立法化阻止を掲げて多くの大学が無期限ストに突入する。スト実行委を引き受けたのは、スト中にバイトして山行費を稼ぐ目論見だった。だがそんな個人的目論見など容易に粉砕して、時代の潮流は愛国少年を反戦青年に仕立ててしまう。多くの学習会に誘われるうちに深入りしたのは文学でなく社会思想で、サルトルとマルクスこそが時代の主流だと確信した。が、友人達は異なった。

公務員となって市内に戻って来たシンは「目覚めよ、神の国は近づいた」と言い、「共産主義はサタンの思想です」とヨシオは口にするようになっていた。時代の激しい潮流の中で彼らもまた思想的スタンスを求めていたのだろう。それでも、自分こそが本流で彼らのキリスト教は傍流だと思っていたボクだ。同じ頃、アイがカトリックの信仰を始めたようだと、隣県の短大に進学していたマリから聞く。ボクは変わらずバイト漬けの日で、帰省したヨシオとボウリング場や建設現場仕事を一緒にやったりもした。バイト後のパチンコでともに大勝して、マカロニウエスタンのレコードを買った時、付き添っていた彼がファンだっただろうと小柳ルミ子をプレゼントしてくれた。ホントは藤圭子だったのだが勘違いの好意を無碍にできずに受け取っている。だが。バイトは山行からデモの遠征費の為と変わり、戦場を熊本福岡東京へと転戦した。ヘルメットも登攀用からデモ用とへと塗り替える。逮捕歴のある仲間とのバイトに公安の尾行が付く時もあったし、統一公判中の同志支援の為に街頭カンパもするようになっていた。ウーマンリブの活動家達とも交流学習をした、女も知った。ヒッピー娘を連れていった講義で、娘がいびきをかいて眠りだして教官を呆れさせた事もある。そんな頃だ、ヨシオが入院したのは。大学病院に見舞うと青白い顔のヤツが言った「足に大きな腫瘍ができていたらしい。切断になるかも知れないが、その時はその時さ」。幸い切断する事なく退院したヨシオは、その後一層〈原理〉に深入りして行く。昭和四十七年一月二十二日付の手紙には「現在、長崎の路傍において、私の信じます教えを教会の先輩達と共に訴え続けています。色々な試練に遭いますけれども挫けずに訴え続けていくつもりです。いつの日か貴君も神への信仰にめざめて復帰されん事を」とあった。革命歌〈インターナショナル〉が骨の髄とまでは言わないが血流には馴染んだと自己認識していたボクだ、一読して放り投げたどころかヤツを試している。街に誘い、飲んだ後で囁いた「オンナのいるところに行こうか」。「いや、要らない」答えた彼の日に躊躇いは無かった。サタンへの蔑視も無かったように思えたのはボクが酔っていたせいか。

オンナでは一度だけヨシオに負けている。長崎にヤツを訪ねた時だ。ボクは目的もない五回生で、財政学を得意としていたヨシオは順調に最終学年を迎えていた。彼が誘った大学の友人と元軍港佐世保の背後に立つ弓張岳からの眺望を楽しんだ。「戦前は機密保持の為に中腹までしか登れなかったそうですよ」と説明してくれた友人の実家に招かれるとオンナがいた。友人の実姉とそのムスメ。酒席となった時だ、ムスメが初対面のヨシオに抱き着き、顔中にキスの雨を降らせると膝の上に座り込んで離れない。そのコを抱え込み、マイッタナアと相好を崩しきったヨシオの眼差しに勝ち誇った輝きがあったのにボクは気づく。三歳くらいのムスメは真に無邪気で可愛かった。この時ばかりはオンナで負けたと思ったね、初めてヤツに。

ヨシオは鹿児島では有名な大手産業に内定していたが、辞退して宮崎に就職して行った。同じ三月にもう一人、去った女がいる。ボクの初恋の娘、えりこだ。中学で転校して以来、一年遅れで入学していたのは気づいていたが、もとよりコッチは大学解体を叫んで講義に出ない身の上、一度きりの僅かな会話を残して彼女は音楽教師として旅立っていった。旅立つ事もできぬまま六年目の泥に足を絡めとられていたボクだ。安保粉砕や沖縄返還闘争の中で逮捕された仲間は皆大学を去っていた、水俣に三里塚に或は地下に。立つ位置の異なるヨシオまでも、退職して統一教会に献身する為に長崎に発ったと知る。寄こした手紙には「君はやはり教師が向いていると思うよ」の文字があった。短い同棲の後に去ったヒッピーの娘からも「先生を目指してね。応援してるよ、フレーフレー」のエール文が届く。それらに押されるようにして教職単位をかき集め始める。学費の為にアルバイトも続けた。ナップザックに着替えを詰めて港湾労働に通ったが、先の見通しなんて降灰の最中に桜島を眺められないのと同じくらいにまるっきり無かった。団塊世代が競った高校社会科教職の倍率は四十倍に近かった。灼熱の下の土方仕事で焼けた皮膚を何枚も剥いで落とし、時に電車を途中下車してシンのアパートに立ち寄ったりもした。同居していた妹がコップ一杯の焼酎を出してくれた。兄が不在中でも笑顔で迎えてくれた気立てのいい娘のコップ酒に救われ、それが唯一の活力になっている。

シンが独身に終止符を打ったのは昭和四十九〈一九七四〉年三月九日。披露宴でボクが歌ったのは好きな網走番外地だ。「どうせ二人の行く先はその名も極楽ハムネーン」とやったらシンに笑われた「ハネムーンも知らないのか」と。シアワセなんてモノから最も遠い場所にいたボクだ、知る由もない。宮崎の会社員となっていたヨシオも宴に参列していた。帰るヨシオを本駅まで列車で送りながら話す。原理を辞めた理由は「交替した指導者についていけないと思ったからだ」と短く語った。「伴侶を求めるのはどんな時だと思うか」と問うとヤツは答えた「自分を認めてくれる人を必要とした時じゃないか」。認められる何もない自分に気づかされる、〈自己否定〉と格闘していた最中にいたのだから。だが酔いが矛盾を放言させる「ヨシオ、結婚式には友人挨拶やってくれ」。ヤツは答えた「なら俺の時はお前が司会だ」「酒飲みに司会は無理だぜ、歌にしてくれ」と断わっている。
その後数年、ヨシオとは年賀のみのつきあいとなる。〈旅立ちの歌〉が流れる〈乾いた空〉の下を定職に就けもせず、土にまみれて彷徨うボクだった。そんな中、友人達は手に手を取ってゴールインして行く。小学校教師をしていたアイは同じ学校教師と、中学教師をしていたマリは県職員と。やっと教職に就いた時、先輩教師から囁かれた「えりこってご存知でしょう。息子の嫁なんですよ」。

免許を取り中古車を得て、ヨシオとの交流は復活した。車で一時間の距離を泊りがけで往来しあうようになった。迎えた方が接待費持ちの習いになっていたが、コッチの飲み屋は〇〇小路という長屋にスナックと小料理屋が寄せ集まった一軒だけ。遠い昔に娘だったろう女の待ち受けるそこを右から左へとハシゴして一丁あがり。懐の痛まぬオゴリだったが、県都宮崎市でのヨシオの出費はボクの倍以上だっただろう。ヨシオは安い店を選んで案内している風でも無かった。二人で好きなパチンコに行く事もあった。大勝した時がある。ボクは早打ちが得意でチューリップの上に玉を重ねる〈ぶどう〉造り、つまり開きっぱなしを造るのが特技だった。その日、ピースを銜えながら数軒の店で十台近くを定量打ち上げにし、最後に寄ったゲームセンターでも大当たりを出して店内に大音量のベルを鳴り響かせた。その夜、布団の周りに戦利品を並べて眠る。カートン煙草に高級と名入りのライター数個、皮ベルト、腕時計にトラベルウオッチ、普及し始めたばかりの電卓等。布団を敷いてくれるヤツも笑顔だった。美酒と勝利に酔いしれた夜の夢は、記憶にない。

シンに遅れる事九年の一九八三年、十歳下の教え子みよ子が嫁に来てくれた時、三十四になっていた。約束通りヨシオが友人祝辞を述べてくれて一月後、転任となる。鹿児島から四百キロ下った喜界島にシンとヨシオがそれぞれ来島した時、了育て中の妻が覚えたての島料理、ヤギ刺しや鶏飯でもてなしている。独身のヨシオに黒糖酒を注ぎながら「イイヒトはいないのか」と訊くと、「幼稚園の時に好きだった子いてナ」と、ヤツは初恋とも言えない淡い思い出を延々と語ったのだ。間もなく届いた礼状〈貴兄の家から帰りの列車の中で奇跡的出逢いをした、例の幼稚園のコと遭ったんだぞ。母親らしき人と一緒で話はできなかったんだが、これって運命と思わないか〉を見た妻が言い放った「相手が独身か解らないし、連絡先も交換しなかったんでしょ。これじゃいつまでも夢見るオジサンになるわ、どうかしてあげなきゃ、アナタ」。妻にけしかけられるように動く。探したのは幻のような女じゃない、家庭科教師の百合子先生が一人目。三十前の彼女は華の中に芯を持つ女性で、親しみからオニ百合と呼ぶ同僚もいたが、優しく控えめな女性である事を見抜いていたボクは要請した。「親友とお見合いしてくれる気はないかな。ヨシオと言って名前が表す通り良い男なんだ」。彼女は答えた「アタシみたいな女じゃ先生に恥をかかせる事にならないかしら」。即座に手を振って否定したが、問題は隣県にある。結婚となると彼女は離職せざるを得ないだろう。教職を天職みたいにして、生徒と向き合っている彼女にその選択ができるだろうかと逡巡している間に話を立ち消えとしてしまった。オニ百合の話をヨシオにしたかどうか記憶はない。彼女は生涯一教師を貫き、独身のまま定年を迎えている。もう一人は妹だ。「前に会った事あるだろ、ヨシオ。どうだ」「エ、ちょっとオジサン過ぎよ」と即答が戻ってきた。八歳下の妹がヨシオの女性ホルモンを拒絶した頭皮を指している事を理解するや、男は頭じゃないぞと言えずに沈黙してしまった、同じく容姿端麗とは言えないボクだった。アホな妹の事は当然ながらヨシオに伝えてはいない。島で七年を暮らし、三人の子供を連れて本土上陸した一九九一年、待ちかねたように、四十を過ぎていたヨシオから連絡がきた、結婚披露宴だ。六月二十三日、沖縄慰霊のその日、妻に志布志駅迄送らせて日南線に乗り込む。十七年前の約束〈歌うぞ〉を果たすべく、喜界島で覚えた蛇皮線を手に披露したのは二曲。〈ヨシオとルミ子は羽織の紐よ固く結んでヤレホニほどかれぬ〉の「安里屋ユンタ」と、「十九の春」を祝い歌にしたもの。いい出来だったと思う。が、親しい知人に毒づかれた事がある「人前で下手な歌を披露する気によくもなれるな、そういうのをヌケヌケと、というんだ」と。酒が入ると怖いもの知らずになる自分だとは認めよう。だが、〈ヌケヌケ〉は披露宴でのヨシオに返上したい。新郎新婦挨拶でヤツは皆に言ったのだ「歳をとる度に理想の女性像は高くなりまして」と。否、「歳をとる」でなく「失恋する度に」だったかも知れない、聞き分けるにはボクは酔い過ぎていた。傍らで頬を染める新婦を見て〈二人は深い精神性で理解しあっているのだろう、お似合いだな〉と思っていた。〈原理を抜けて良かったぜ。教祖様に伴侶を押しつけられての合同結婚式なんてまっぴらだろ。縁も無い売国奴アベからの祝電など喜べるか〉とも。後日テレホンカードが届く。今でなら、若いカップルが〈結婚しました〉とポストカードで送るもの。テレカは挨拶している二人の画像だが、中心は笑顔の新婦だ。〈綺麗な嫁さんを自慢したいんだな、ヨシオのヤツ、ヌケヌケと〉。そう思ったが、聖なる新婚さんを公衆電話で無為に汚す訳にはいくまいと机にしまい込む。

仕事を続けた嫁さんに支えられながら、ヨシオは難関の不動産鑑定士の資格を取ると、郊外に新築した家で開業した。新居を訪ねた時、玄関の上り口の上に特製の本棚が設えてあり、そこに送呈した拙著「単独行」や「全作家短編小説集」が整然と陳列されていたのに感激した。連れていかれたフグ専門店で初めてのコース料理にも感激して舌鼓を打った。西施乳と嫁さんを前に、確かめるべきヤツの挨拶「歳をとる度に、か、失恋する度に」だったかはどっちでもよくなっている。

二人が山行を楽しむようになっていた事は彼のブログで知る。山で見つけた四季折々の草花写真には自作の詩が添えられていて、見る度に心が和んだものだ。

夫婦で訪ねてきてくれたのは、霧島近くに借家していた時。霧島山行の後だったのだろうか。二家族四人で食事に行き、最も高級な会席膳をご馳走したのだが、フグ料理には足元にも及ばなかっただろう、味も値段も。

ボクは退職前年の二〇〇九年、縁があって南海日日新聞という地方紙に小説を書かせて貰った。奄美復帰から沖縄復帰に至る頃を書いた百五十三回に及ぶ連載「白幻記」が終了した秋、〈無理やり読者〉を招いて感謝祭を設けた。拙作を今まで勝手に送りつけてきた被害者達だ。十人程の客人へのお土産として妻は干し柿を準備してくれ、ヨシオにシンにアイにマリなどの旧友、それに教え子達が来てくれた。

会うなりシンが眼光鋭く言った「この中にフラれた女がいるだろ」。旧友は怖いと思わされる。いたのだよ、二人。だが断じてボクはしつこい男ではない。逆に二人のおかげで妻と出会えたと感謝しているくらいだ。その事実を明らかにはしなかったが、知ったとしても「あら、どの人」と笑ってすます、そんな妻だった。

座席を指定してしまうと兵庫から駆けつけてくれた教え子が孤立してしまう事を配慮して自由着席とした。その為、高校の友人達は久闊を叙せなかったかも知れない。申し訳ないと思っている事がもう一つある。その後、マリから〈昔の仲間で文芸誌を作りませんか。オンドを取ってよ〉と頼まれた時、ボクは動かなかった。否、動けなかったのだ。妻がガンを再発していた。理由を旧友に伝える事を潔しとせず、黙しておればいずれ本気になった誰かが進めてくれるだろうと考えていた。

新刊「白幻記」を退職記念として友人達に送り届けた後、妻には初めての沖縄に誘った。摩文仁帰りの足で沖縄タイムス社を訪ね新刊の紹介を依頼すると、大城立裕氏が書評を書いてくれた新聞が後日送られてきた。氏は現在、辺野古基地建設反対の先頭に立つ。〈九条の会おおすみ〉の平和講演に来てくれた後に飲んだ目取真俊氏も同戦列に加わっている。さても二人に教えられる事は多い。

退職記念に妻が買ってくれた軽キャンピングカーで一緒に旅をした。紀伊半島や娘が山小屋バイトをしていた富士山へ。登山に用いた杖をお土産としてヨシオに届けた。その後、妻の闘病は一進一退のように思えたが、絶対助けてやると決意していた。それが今まで自分に好き勝手な人生を歩ませてくれた伴侶に報いる事だと。しかし。妻は二〇一四年春、桜の満開を見ずして静かに旅立つ。妻の友人達のみ告別を報せ、自分の友人達には喪中欠礼とした。シン、マリ、アイから篤い弔文が寄せられたがヨシオからは無かった。間もなく、奥さんから予想だにしない訃報が届く。〈去る二月、二人で山行して下山直後に突然旅立ちました〉というもの。あろう事か、ヨシオは妻より二か月前に発っていたのだ、同じ霊山という山に。

それからボクは両翼を捥がれた、飛ぶ事はおろか歌えもしないカナリヤだ。酒は増えた、ビールにワイン、清酒から焼酎に泡盛と、陶酔無き酒を巡る孤独な宴の日々だ。翌朝、食卓に食べ残しの山男料理を見ずとも一杯やりたくなる。アル中になるのを食い止めてくれているのはコーヒーだ。〈キリマンジャロ〉より旨いと思っているコーヒーの〈ジニス〉と〈ハックルベリ〉はアイとえりこが送ってくれたもの。歌えぬカナリヤがボクなら森田童子は吐血しながら歌うホトトギスだ。童子の掠れた歌を聴きながら五木寛之の「下山の思想」を読んでいたら、「善き者は早く逝く」という文がコーヒーと一緒に胃の腑に優しく落ちて行った。童子は歌う〈ぼくはもう語らないだろう　ぼくたちは歌わないだろう　みんな夢でありました〉。歌の背後に流れている映像は、東大安田講堂闘争だ。果敢に「自己否定」を叫んだ同志達は、半世紀に近い年月をどう歩んだのだろう。童子は歌う〈みんな夢でありましたもう一度生きなおすなら　どんな生き方があるだろうか〉と。ヨシオよ、キミに同じく問うたら何と答えるか。

「同じ生き方をするよ、同じ伴侶を得てな。お前だって同じだろ、ワハハ」

と、独特の高笑いできっと応えるに違いない。

「そうだ、同じ人生に決まってるさ」とボクは答えて、ヤツの肩に手を置く。

「そしたら来世でも友人だな。その時は四人で山に登ろうぜ」。

俳句

四季折々の恋歌留多
―春・夏・秋・冬―

中園　倫

―春―

初日差すかそけし紅の薄化粧
新春やかすかに伽羅の名残袖
ふつふつと面影《かげ》のちらつく初昔
弥生てふ月日に遊ぶ恋歌留多
紙雛に女の情念《おもひ》折りたたむ
初恋を偲ぶによかれ朧月
匂ひ立つ娘盛りの花衣

たまゆらの春の戯《あそ》びに匂ふ伽羅
ともしびの漏れくる宿の深き春
花の夜やくめども尽きぬ恋心
花の衣《きぬ》熱き血潮の身にまとひ
秘めきれぬ袂の香や花衣
馬酔木咲き想ひをつなぐ予感かな
うらうらと春を脱ぎ捨て浮かれけり
夜桜や焔のひと夜面影《かげ》を抱き
こでまりや永き人世を恋こがれ
惜しみなく色を転がす落椿
うす紅の記憶の中へ霞立つ

花冷えやひらりと交はす浮世風
あてどなき一途な恋や花朧
幻氷や老い行く身にも青春《はる》の来て
たがために咲いて艶めく藤の花
残り火のをみなの恋や花の散る
たまゆらの恋心《こひ》のほぐれる木の芽風
忘れじの面影抱きつ惜しむ春

―夏―

一輪の紅の華やぐ蓮咲けり
さやさやと秘色の風の夏暖簾
滝殿や立ち匂ふ背の艶姿

余花の道外八文字の大夫列
夏帽子一日《ひとひ》の恋に踊らされ
夾竹桃心ならずも身を焦がし
夜もすがらかの人待ちつ薫衣香《くのえかう》
肌脱ぎし化粧《けは》ふ娘の白き肌
百日紅赤き命の踊り咲く
つかの間の恋路に焦る五月闇
ふところに囁き包む蝉の声
汗零《あや》す妖しく光る玉の汗
ほうたるやひと夜の恋のいたづらに
いつしかに蛍の夜を待ちをりぬ

暮れゆきて闇の蛍に囁かれ
花火舟遠《おち》の記憶を炙り出し
夏椿散るも捨て身を惜しみけり
今生の一度の恋や百日紅
蛍火や女の情念《おもひ》乱れ飛び
紅ひけばしきりと恋し遠花火
惜しみなく沙羅散りゆくも釈迦の手に
徒花と知りつつ果てし大暑かな
空蝉のこの世見たさに衣を脱ぎ
さりげなく恋傷流す涼夜かな
ほどほどに恋しさ捨てる夏の果て

―秋―

朝露のポロリと転ぶ恋をして

うたかたの名残の袖やカンナ燃ゆ

艶めくもひと夜の命ほたる草

底紅の咲きて人恋ふ日となりぬ

うすれゆく記憶に立つや秋の虹

きゃらきゃらと笑ひのこぼる萩の家

ぬれ髪の指に絡むや萩散らし

秋の雨梳かす手櫛の乱れ髪

ひぐらしや人恋ふ湯里はや暮るる

カンナ咲きいまはの際や燃え果てり

落人のみ魂か闇の秋蛍
細指に止まりし君と新酒かな
紅萩や紅きがままに人を恋ひ
秋簾聞かぬに過去を語り出し
過ぎしこと闇に吸はれて霧と消ゆ
玉盃を珠なしあふる月見酒
秋の野に老いの笑ひが迷ひ込む
天の川恋を拾ひに渡り行き
星合につつめば燃ゆる老いの性《さが》
妖艶と色ほのめくや紅芙蓉
吾亦紅五弦に秘めし恋心

この世とて捨て去り難し狐花
恋飛脚色なき風に戯れつ
菊日和花嫁《よめ》の笹紅うひうひし
露の世のはかなき命恋もまた

―冬―

隈取りの狐踊りの紅冴える
落ち行くも還らぬ恋路《こひ》や近松忌
埋火や慕ひし青春《はる》の恋なれど
ぬきさしのならぬ思ひの久女の忌
うつし世の猛き生命《いのち》や帰り花

つかの間の恋に溺れし雪明り
ほろほろと散りゆく果ての木の葉髪
福の神浮かれ出しそな三味の冴え
人の世は思ひ及ばぬ北風《きた》の吹く
返り花添へぬ宿命《いのち》と燃え果てり
人の世は一帖の夢や帰り花
恋しさに風花便り今日も書き
しぐるるや修行僧侶の行く深山
しぐれ来て名残の袂惜しみけり
古傷の身に沁む恋の演歌かな
炎中の心の修羅や雪女

凛として天女のごとや水仙花
木枯らしに裳裾盗まれ慌てけり
吹雪の夜よされよされと三味の泣く
狐火につまされ迷ふ浮世かな
空事や見果てぬ幻《ゆめ》の雪女郎
よもすがら狐火走る峠かな
ながらへて明日なき恋や冬　燈《ともし》
咲き極む捨て身の彩の寒椿
笹鳴きてあやなす風を身にまとひ

小説

おもらい　さん

たぢから　こん

震災の後、母ちゃんから「あの入江さ行ぐな！」と云われた。僕は見なかったが、地震で起きた津波に掠《さら》われた被害者が、あの入江に何体か打ち上げられたと云うことだった。

友達が捜査に当たった人から聞いた話によると、打ち上げられた被災者の躯は、どれもゴム毬《まり》のように膨らんでいて、着衣のほとんどが波にさらわれたのか裸同然だったそうだ。

それで、母ちゃんは僕にそんな残酷な経験をさせたくないのだと思った。いつの時代でもそうなのだろうが、母親というものは子供の一歩先を歩いている。しかし子供にもそれなりの理由と好奇心があって、そうした親たちの思惑を、ものの見事にくぐり抜けていく。

その入江は子供の足では降りて行けそうにもない大きな崖の下にあった。それだからこそ、僕達の度胸試《どきょうだめ》しの場所としてはうってつけだった。それで震災のある前は、暇を見つけては友達と何度も遊びに行ったものだ。

入江は僕の町から東へ一キロほど行った、県道が大きく右へカーブした海岸の外れにあった。人家など見回しても見えない場所にあったから、土地勘のない者が車で通っても、そこに入江があるとは気づかなかっただろう。

なぜなら、海岸沿いの道をどこまで走っても、車窓に飛び込んでくるのは、青暗い寒さを閉じ込めた太平洋だけだったからである。

入江を覗く度に、港で競りにかけられているホタテ貝の形をしていると思った。

波打ち際は、潮が引くと崖の下に弧の字形の赤茶けた砂地を僅かに見せることがある。その入江に風が吹くと、湾曲《わんきょく》した崖を駆け上った潮の香が、大げさに海を凝縮させていた。

震災から一週間たっても余震が時折、僕らの不意を突くように襲った。しかし、僕には余震の不安より、あの入江に行ってどうしても確かめたいことがあった。

地震のある四五日ほど前のことである。小さな港町に一人の見知らぬ男が現れた。

　学校の帰りだったから午後の三時を過ぎていたはずだ。

　最初、男に会ったとき、声を掛けられたような気がした。

「あぁぁ……うぅぅ……」

　咄嗟《とっさ》に道を聞かれたのだと思った。

　高い背からずり落ちるように伸びた長い腕は、肩の所から力が抜けたようにやり場のないまま大地に引き込まれていくように見えた。ただ、男が左手をけだるそうに挙げて僕を指さしたように見えたので、何故だか道を聞かれたのだと思った。

　男は薄汚れたジーパンに、フードのついた緑色のヤッケのようなジャンパーを着ていた。洗いざらしのボサボサ頭には、糸くずでもつけたように何本もの白髪が、やつれた顔の上で踊っている。僅かだが右足を小さく引きずっているように思えた。

　次の瞬間、男がジャンパーの下から何かを取り出そうとしたので、僕は怖くなって一目散にその場を駆け出した。

　町で一番大きな『伊達屋』という商店の前まで来たとき、やっとの思いで今自分が走ってきた道を振り返った。

男は追いかけて来ていなかったが、それでも僕の逃げた方へ足を引きずりながら歩いてくる。その間延びした動きがかえって、僕に恐怖心をあおり立てた。

僕が家に駆け込んだとき、母ちゃんは買い物にでも出かけたのか留守だった。

それでテレビの音を大きくして火燵《こたつ》に潜り込んだ。いつも火燵は暖かいはずなのに、このときだけは少しも暖かく感じなかった。そこで、頭の上まで火燵布団を掛けた。そのせいで少しの間だがうとうとしたのだろう。母ちゃんの大きな声が聞こえるまで火燵の中で不覚にも寝込んでしまった。

「宿題ねガったのガ？　けぇってすぐ寝くさるなんて、なんつうたれかもんだべ！」

母ちゃんはそれから二言三言、僕に小言を言い終わると台所へ行った。

台所でビニール袋から物を取り出すような音が聞こえ始めたとき、学校の帰りに遭遇した男のことを思い出した。起き上がって時計を見たとき、僕が学校から戻って三十分はたっていると思った。

すぐ火燵を抜け出すと、通りに面した窓から外を眺めた。

三月になったばかりである。この地方ではまだ冬が平然と居座ったままだった。

それでも雪のなくなった道は、くすんだ灰色のコートを脱いで、アスファルト本来の黒々とした逞しさを取り戻そうとしている。

そうしたことを何度か繰り返して、この町は春になっていく。

僕が不自然な格好で窓辺にへばりついていると、母ちゃんが後ろから不意に声を掛けてきた。

「なにガ、外《そど》さあんのすか?」

突然に声を掛けられて驚いたのだが、小言の後だったから、これ以上干渉されたくないと思った。

「なんもねぇ、明日《あすだ》の天気がちょっと気になっただげ……」

「ふぅん、宿題もしてねぇのに明日《あすだ》の天気が気になるってぇ!」

母ちゃんの会話がいつものような執拗さを見せ始めたので、反射的に外へ出ようと玄関へ廻った。

「節男! 外《そど》に出たら『おもらいさん』が来っと!」

僕は母ちゃんが何を言っているのかわからなかった。

「『おもらいさん』て、何や？」

僕はいつの間にか握っていた傘を起きながら聞き返した。

「ほいど（乞食）のことだべや」

この地方では乞食のことを『ほいど』ということは知っていたが、『おもらいさん』ともいうことは知らなかった。

「さっき、伊達屋で買い物してだら、店のおばちゃんが『おもらいさん』が来たど語《かだ》ってだのっしゃ。緑色のジャンパーっこを着た大男で気味悪がっだど……」

男は店でパンとソーセージと缶詰を手に取ると、懐からしわくちゃの千円札を出した。最初、その身なりから乞食が物もらいに来たと思ったそうだが、手渡された札でその心配はなくなった。しかし直ぐに、男の札が盗まれたものでないかと思ったと云うことだった。

結局の所、伊達屋の婆さんは盗まれた金だと思いつつも、ちゃっかり商売してしまっている。何故だか学校で教師から習う生き方と、実際の大人はこうも違うのだと子供心に思った。

次の日、学校帰りにまた男に出会った。僕のなかで伊達屋の婆さんの『泥棒』という言葉がよみがえった。

他人の言葉だが、昨日この男に会った時と今日とでは、感じ方が違っているのがわかった。それで男のいる歩道と反対側の歩道へと廻った。

歩きながら男をやり過ごそうとしたときである。男がある家の前で掃除をしているのに気づいた。そこは人の良い山田という婆さんが、独りで暮らしている家の前である。松葉箒《まつばぼうき》一本で家の周りを掃いているのだが、男の手慣れた箒の動きに合わせるように家の前が次々と綺麗になっていく。まるで男の操る箒の軌跡が魔法のように思えたときである。

玄関が開いて、腰の曲がった山田の婆さんが出てきた。婆さんが下げた頭に呼応するように男も頭を下げた。箒が婆さんの手元に戻されると、男がまた頭を下げた。それからポケットに手を入れるとアルミホイルに包まれたボールぐらいの大きさの物を頭の前にかざして三度《みたび》、頭を下げた。

向き合った二人の顔に不思議なことに笑みが溢れている。僕の心の中で、男が『泥棒』だという言葉が、ぼろぼろと音を立てて崩れていくのがわかった。

僕は山田の婆さんが男に握り飯を施《ほどこ》したのだと思った。そして、そのお礼に男が家の前を掃除したのに違いないと思った。

程なく男が昨日のように足を引きずりながら歩き始めた。昨日と同じ方向に男が歩いている。その先に男の目的の場所があるのに違いない。

ランドセルを担いだままだったが、妙に男の行き着く先が気になり始めた。男の歩む速度は、僕の半分程度である。少し焦れったかったが自分のなかに生まれた疑問を解くためだと辛抱して後をつけた。

やがて男は車道を横断すると、その先にある入江の方へむかって歩いて行く。家並みがなくなり始めると、すこしずつ不安が増していく。

男の歩みに変化はなかった。道路が右へ大きくカーブを切っているところから、小さな茂みに男が入っていくのがわかった。男がホタテの入江に向かっていると思った。

そこは友達と何度も遊びに行った場所である。自分が知っている場所だとわかって不安が少しずつ解けていく。入江の崖の上に潮風で曲がった松の樹が二本植わっていて、樹の間が小さな窪地になっている。僕達はここへ遊びに来ると、必ずそこへ座って太平洋を見るのが好きだった。そうして沖合に釣り船を見つけては、あそこだ、ここだとたわいもない歓声をあげるだけである。

男は僕達がここへ来るといつもしているように窪地に座った。ただその場所がいつもとは違って、樹と樹を結んだロープの上にブルーシートが掛けられている。その四隅が僅かに広げられてテントのようになっていた。すぐに男がこの場所で寝泊まりしているのだと思った。

入江を吹き上がってくる風は、そのブルーシートを容赦なくはためかせている。しばらく茂みから様子を見ていると、シートの中から男が出てきて、僕を見つけて軽く手招きをした。男は僕が後をつけてきたのに気づいていたのだ。

他人の秘密を覗こうと、小さな下心から男の後を付けてきたのだが、興味だけが先走った尾行は、ものの見事に打ち砕かれたのだった。

もし、男が手招きする顔の下に、僕を震撼させるような恐怖を隠していると分かれば、一目散にその場から逃げ出していたに違いない。

しかし、男の手招きする顔の下には優しそうな眼が笑っているだけである。そして躊躇している僕に、紙袋から取り出したソーセージを取り出して見せた。

そのとき一瞬だが、犬や猫に餌を見せる動物好きの人間の顔だと思った。それでも直ぐに自分がそのように見られているのだと思うと腹が立った。

僕の顔が曇ったのを見たせいだろうか、男はそのソーセージを側にある、子供がやっと腰掛けることのできる程度の石の上に置いた。そして、僕が石の上から男に眼を戻したときには、別のソーセージの皮を剥き始めていた。それは伊達屋で買った物だと思った。ついでに伊達屋の婆さんの狡猾《こうかつ》な顔を思い出した。

僕が引きつけられるように男との距離を二三メートルほどに縮めても、男は悠然と、それでいてどこかもの悲しそうに海を見つめているだけである。僕が側に近づいていることなど知らぬ顔だ。

石の上のソーセージを手にとると、男に差し出した。「これ……」

僕の自尊心に男が振り向くと、軽く笑って手で『どうぞ……』というポーズをして見せたが、言葉はなかった。

最初、町で男を見たときよりも若いと思った。痩せて赤く日焼けした顔は、船の上で黒く日焼けした父ちゃんの顔とは明らかに違っている。

小さな男の顔は、直ぐにでも品の良い白さを取り戻すように思えた。

男が再び海を見つめ直すように振り返ったときである。男の白い首筋に巻かれたタオルの端から、首の半分を横断するような赤い傷跡が眼に入った。

僕は男の見てはならない秘密を見たような気がした。そしてその動揺を悟られぬよう、素早くソーセージの皮を剥くと、その半分ほどを口の中に放り込んだ。

それから男の真似をして、両手で両足を抱え込むと黙って海を見つめた。

いつもは海の香りが直ぐに鼻腔に溢れるのだが、このときはソーセージの匂いしかしなかった。

次の日からは一旦家に戻るとランドセルを置いて、入江に向かった。学校帰りに気づいたことだが、日がたつにつれ町の通りが綺麗になっていく。

山田の婆さんの家の前で男を見た以外に、彼が掃除をしている姿を見たわけではなかった。しかし、男がこの町に現れて以来、二百メートル足らずの通りだが、縁石や溝に散乱していたビニール袋やタバコの吸い殻は、綺麗に掃き取られている。

男が魔法使いか掃除の神様ではないかと、真顔で思った。

町の変化は誰の目にも明らかである。しかし家での会話や近所の話に男のことが上がることはなかった。

学校では教室や廊下の掃除について、やかましく注意されながら育ってきた。それが大人のいる現実の世界では、無頓着というか掃除をしても、たかだか自分の家の前だけである。

いずれにしても大人達のこうした度量のなさに、やがて僕らも慣らされていくに違いない。

だからこそ、男が町を綺麗にしていくのには何か理由があるのだと思った。それでその訳を聞こうと男に何度も訊ねたが、彼は小さく笑うだけで何も話そうとはしなかった。

震災のあった前の日、雪雲が雨に変わった。それで入江に行くのを止めた。男といつも一緒に座っているだけで、その日の海も何も変わらないと思ったからである。確かに、二人の関係に飽きが来ていたのかもしれなかった。

震災の日、卒業を前にした僕達六年生は、午前中の授業が終わると帰路についた。一日会っていなかっただけだが、僕のなかで男の白い顔とやたらと澄んだ青い眼が気になった。それで帰り道を急いだ。どこかで男が掃除している姿を想像しながら歩いた。

伊達屋を過ぎ、僕の家に近くなっても男の姿を見つけることができなかった。

そこでランドセルを置いて昼飯を済ましたら入江に行ってみようと思った。

食事を終えて玄関に出ようとしたときである、あの大きな地震が町を襲った。

直ぐに母ちゃんと外へ飛び出たが、近所からもてんでに人が飛び出していた。

随分と長い間、揺れは続いたが、電線の揺れが収まると、人々が一斉に屈んだ腰をあげ始めた。その衝動で僕の頭から入江のことがすっかり抜け落ちてしまった。

この地震では大きな津波が至るところでその爪痕を残したが、高台沿いに開けた僕の町は、これと行った被害を受けなかった。通りも綺麗にされたままである。

一週間たってもテレビは震災のことでいっぱいだった。なかでも海岸に打ち上げられた遺体のニュースは不気味だったが、見たことのない者には、それ以上の感慨がわいてこなかった。

それがあの入江で数人の遺体が上がったと聞いたときは、他人事だと思っていたニュースが、僕の足下に何かを巣づくりはじめたのがわかった。

昼食の時、母ちゃんから「あの入江さ行ぐな！」と云われた。

「うん！」と頷きながらその一方で、死体は入江によく流れ着いていた流木に似ているのだろうかなどと思った。

「行ぐな」と云われた反動で、今まで抑えていた衝動が爆発しそうになるのがわかった。そこで、母ちゃんには気づかれないよう家を出ると入江に向かって駆けだしていた。

いろいろな思いに駆られながら入江に着いたが、松の樹に掛けられているはずのブルーシートが見当たらない。窪地に男のいた痕跡もなく、ただ男が履いていた踵《かかと》の折れたズックが、意思を持ったように海に向かって揃えられているだけである。

ふと、男がこの入江に身を投げたような気がした。

おそるおそる覗いた入江の中は、以前見た深さのままだ。死体が片付けられたときに流れ着いた流木などもすべて取り除かれたのだろう。入江は今までと変わったことがないように思えた。

ひと月たち、ふた月たっても男の消息を聞くことはなかった。最も、震災の前にこの町を歩いた男の素性など知る者もいなかったから、僕以外で気にとめる者がいなかったとしても不思議はなかった。

そのうち中学へ進学して環境が変わると、僕のなかでも男を思い出すことがなくなっていた。


ある日、もうすぐ夏休みだと云うとき、巡査が一枚の写真を持って訪ねて来た。

母の背中越しにその写真を見たとき、僕は直ぐにあのときの『おもらいさん』だと思った。しかし、母はなぜか「知《し》ゃね」と返事をしてしまった。

巡査の話では、男は秋田の『造り酒屋』の次男坊だと云うことだ。

悲惨な事故が原因で喋れなくなった聾唖《ろうあ》者《しゃ》で、ある日ぷいと家を出たきり消息が掴《つか》めないのだと云う。

この近くで見かけたという噂を元に、家族が探していると云うことだった。

写真の中の男は髪を七三に分けて屋号の入った印半纏《しるしばんてん》を着ている。ただ、一緒に写っている家族の視線と違って、どこか遠くを寂しそうに見つめているのが気になった。そして直ぐに、あの入江に取り残されたズックのことを思い出した。

了

小説

東京オリンピックと四十年不況

吉岡　昌昭

第三十一回オリンピック大会は、二〇一六年八月六日、ブラジル・リオデジャネイロのマラカナン競技場（注、世界最大のサッカースタジアム）で華やかに開会した。ブラジルは、大航海時代にポルトガル人がこの地に到来し住み着いて以来、多くの移民を受け入れ発展してきたが、その歴史をテレビで放映されるのを見ながら北京、ロンドンの開会式を思い出し、遠く五十六年前の東京オリンピックの頃をほろ苦く思いだした。私は当時二十七歳、鉄鋼会社の営業として希望に満ち、充実した日々を送っていた。しかし、悩みもあった。オリンピック開催の少し前から景気は徐々に落ち込んできていたが、当社は新工場の設備投資に全力を挙げていた。

昭和三十九年東京オリンピックの翌年に四十年不況というのがあった。この不況はわずか一年足らずで底をつき、急速に回復し次のいざなぎ景気へと向い、その後長く好況がつづいたから忘れている人が多いかもしれない。だが、山陽特殊鋼の経営破綻、山一証券の日銀特融といえば、ああ、そういうことがあった、と思いだす人もいるだろう。私にとって往時のことは今なお忘れ難い経験として残っている。

私が勤めていた会社は鋼管専門のメーカーで、F製鉄の子会社だった。鋼管とは文字通り鋼製の管で、液体（水、油等）、気体（ガス）を通すものだが、他に構造用として相当広い分野で使われており、建築関係では足場用、支柱用、鋼管杭等。機械構造用としては自動車用部品、例えばプロペラシャフト、ステアリング、マフラーなど極めて広範囲に使われていた。当社の資本金は二十億円、株式の九十五％がF製鉄所有だったからいわば完全な子会社だった。年産約四十万トン、鋼管メーカーとしては日本でビッグスリーであり、当時、世界でも五本の指に入る会社であった。しかし、昭和三十八年頃から業績が悪化、三十九、四十年と赤字が続き四十一年の決算では四億六千万円を超えた。これは主材料の鋼板（帯鋼）をすべて親会社から購入し、当社で製造・販売をしていたのだが、販売価格は市場価格に左右されるので営業がいくら頑張っても努力に限界があった。そこで、先ず輸出業務を親会社に移管、四十四年には国内営業も親会社に移管し当社は加工業務に専念することになり、ついに昭和四十六年、親会社に全部吸収合併された。

当社が赤字という時、親会社から三人の若手が出向してきた。世間では東海道新幹線が開通し、東京オリンピックで騒ぐ少し前である。

会社は長引く鉄鋼不況で、経営改善のため四十一年十月、労働組合に合理化案を出してきた。当時、工場は川崎、名古屋、中津（大分県）にありそれぞれ単独の労組があり、他に本社労働組合があった。私は本社の執行委員であり、同時に四つの労組連合会の中央執行委員をやっていた。

組合側は驚いた。合理化とは人員整理である。対象は社員千四百名のうち二百三十人。勿論、会社は再就職の斡旋を含め退職者には応分の割り増しを支払うという。

しかし、である。組合執行部としては、二百三十名もの従業員に犠牲を払わせるというのに「はい、そうですか」とは言えない。当然反対で対抗手段としてストライキを考えざるをえない。この時、本社組合と工場労組では微妙な温度差もあった。本社組合は、会社の将来を考える時、会社の提案は受けざるを得ないという気分があったが工場はそうはいかない。ということで鳩首会議の末、組合は三時間の時限ストを決行することになった。

当社はメーカーであり、市況品の在庫は沢山抱えていたが、他に多くの顧客があり材料を納入しているからお客の製造ラインに支障をきたしてはいけない。特に自動車メーカーは生産ラインが止まってしまう。当社は予備を含め十分に対応できるよう工場と下請けを動員し供給体制を整え、販売部長は担当の課長とともに各社に事情説明に行き、絶対迷惑をかけないという一札を入れ了解を取り付けた。ユーザーにしてみれば自社材料の購入先がストライキをやるというのだから、そんな会社とは付き合えないというのが常識である。他にメーカーがあればそこから買えばいい。当時、自動車メーカーに対する当社製品のシェアーは九十五％を超えていたからその責任は重い。各社了承してくれたもののT社だけは購入量の五％を他社に発注する、という条件をつけてきたがこれはのまざるを得ず、已なく承諾した。

三時間の時限ストは行われた。皆暗い顔である。当時の組合代表は川崎労組委員長のGさん、元大日本帝国陸軍軍曹、戦地帰りだったが温厚な人物で会社の提案にも理解を示し、激高する組合幹部をよくまとめてくれた。

四十年不況は一年足らずで急速に回復し、いざなぎ景気へと入って行くが、当社も四十二年六月の決算では累積赤字を消し、六億二千万円の利益を計上した。

その後、紆余曲折があり最終的に全部親会社に吸収されたのだが、その背景には親会社から出向してきた優秀な社員の本社への詳細な報告書があったということを随分経ってから知った。その一人が私の上司N課長であり、このことを後日、他の方から聞いた。N課長のレポートは、当社経営について如何にあるべきかについて、鉄鋼業界と当社の実態を踏まえたもので将来を見通す実に立派なものだったという。

N課長は親会社で掛長だったが当社には課長として赴任してきた。身長は一八〇センチ近く、体重も八〇キロ近い立派な体格で、顔は温厚だが眼光鋭く、眼鏡越しにじろりとみられると身がすくむ思いがした。大分県出身、旧制第七高等学校造士館（現鹿児島大学）から東大経済学部卒業。自分で、「儂は無口だし、いい恰好したり威張るのが嫌い」というが、身体が大きいから威圧感がありどちらかというと周囲からは敬遠されていた。私は、将来きっと本社で重役になると思っていたが、途中で子会社に出向したのはやはり立派な風格が災いしたのだろうか、課長の頃から副部長や部長より貫禄があったから上司は煙たかったかもしれない。
私は課長に親しみを感じた。課長は公平で、誰に対しても平等、本人も自分ではやさしく振舞っているつもりだったらしいが、どうも表現が下手で誤解されていたらしい。
赴任してきた翌朝だった。突然、社長が販売部の部屋に入ってきた。はて何事か……と思っていると課長のところにやって来た。課長は立ちあがり一礼し、一瞬緊張した。社長は
「N君、君、造士館だってな。僕もそうだ」と嬉しそうに言うと、廻れ右して去って行った。しばし呆気にとられていたが、するとほどなく技術部次長がやって来た。
「N君、造士館だってなぁ。僕もそうだよ」と、にこにこと親しさ丸出しに言って出て行った。課長は僕に
「おい、一体この会社はどうなっているんだ。儂は確かに造士館だが、それがどうしたっていうのだろうか……」と首をかしげている。
「後輩が来てくれたんで嬉しいのでしょう。親愛を込めての挨拶です。しかし、社

長（東大工学部）がやってくるなんてよっぽどですよ」

「そんなものかなぁ」という。私はそこで、何といっても「北辰斜めにですから……」、というと
「おい、止めてくれ。でもお前何でそれを知っとるんだ」

「♪北辰斜めに射すところ♪でしょ。知ってますよ。」

「あれな、俺はあんまり好きじゃないんだ。あの歌の前に、文句があるだろう」

「知っています。〝流星おちて……〟というのでしょう」

「そうだ。あれなぁ、あれはどうも苦手でのう」

「どうしてですか？　若者達が元気一杯でいいじゃないですか」

「でもな、あれも強制されるとたまらんのだ」

私の上に主任がいた。主任はK大学出身で卒業年次でいうと課長より二つ下だったが、付属高校から上った人でおとなしく、積極性に乏しかった。仕事上、指示、命令、報告は原則主任経由であるが、課長は無口だから、報告もウンウンと聞くだけ。指示は簡単、「あれをやっとけ」「これを処理しておけ」というだけ。報告が遅

いと、「どうなっとるんだ」という。のんびりしているようで気が短かった。ある時、一寸とした報告ミスで商社とトラブルになった。課長は主任に「どうしてそうなったのか」と説明を求めたが、いい方がきつかったらしく、主任は黙して語れず、震えていたらしい。課長は驚いた。他の部下にはいくら叱っても平気な顔をしているのに、主任が仕事のことで叱責を受けたくらいで震えるというのはおかしいと思ったのであろう。課長は私を別室に呼んだ。

「K君はどういう人物か?」と。私は知っている範囲で話をした。Kさんの父上はX銀行の役員で、Kさんは大阪営業所に転勤した時は家を一軒借りて、女中付きだったことも話した。課長は、フーンと言って不思議そうな顔をしていた。そして、「なぁ、俺がK君に注意すると彼は震えおるんじゃ」という。私ここぞとばかりに「課長は迫力がありますからね。私だって怖くて仕方がありません」というと、「おい、冗談はやめてくれ。俺はそんなに怖い人間じゃないぞ。馬鹿もん、」ということだったが、以来指示は直接来るようになりK主任を通さなくなった。暫くしてKさんは子会社に出向となったが、その後系列会社で能力を発揮していたからKさんにとっては幸せだったと思う。

当時、企業では自己啓発が盛んであり、当社の販売部員もWアカデミーの講師に戦略的マーケッティングの講義を受けることになった。時間は金曜日の朝八時過ぎから始業時間までの約四十分間位だった。ところが、課長は「そんなものをわしが聴く必要はない」といって拒否する。親会社からの出向だし、確かに業界の知識、識見からみて全て課長の方が上である。だが、それでは人事の面子がない。人事課から担当者が参加して下さいと頼みに来るのだが、課長にぎょろりとみられるとそれ以上言えず、黙って帰って行く。そして、担当者は私の所にきて「何とか説得してくれ」と頼む。人事は私にとって鬼門だから、なるべく意に添うことにし、「課長、寝ていて下さっていいのですから……」とお願いすると、「お前がそう言うのなら仕方がない。出るだけは出よう」と言ってくれた。人事の担当者は喜んだ。何しろ、会社が費用をかけての講習であるから、販売部員全員に聴いてもらわないといけない。私と人事担当との間はうまく行ったのはいうまでもないが、その後で人事から思わぬ逆襲があった。女子社員の配属の時、とても不細工な女性を押しつけてくる。全くどこから探してくるのかと思うくらいであった。課長は、そんなことはお構いなしである。だが、私は困った。初めのうちは手取り足取り教えていたが、呑み込が悪く仕事を覚えるのに時間がかかるし、仕事にどうしてもミスが出る。前任の女性はなれていたから心配はなかったのにと思うと腹が立ってくる。或る時、私は遂に怒り心頭で叱った。運が悪いことに彼女は泣きながら早退してしまった。そのことに課長が気づいた。早速、「ちょっと来い」と、応接室に呼ばれた。叱られる時は必ず応接室で一対一である。

「お前は女の子の指導もよう出来んのか？　女の子が仕事で叱られて帰っていくというのはとんでもないことである。そういうことではお前は管理者になれんぞ」と言われ、うんとお灸をすえられた。私にしてみれば迷惑な話だが事実は事実である。平身低頭で謝った。すると、「お前はSさんがBUSUだから文句をいったんじゃないだろうな」というので、これはもうお怒りが解けたと思いほっとした。

「しかし、課長。人事はどうしてああいう女性を採用したのでしょうね。我々はたまらないですよね」と恐る恐る言った。これは、課長が日頃人事課を無視するような雰囲気があるからそれで仕返しをされているのだ、という私なりのメッセージである。課長は「えっ！」というような顔をし、ぎょろりと私をにらんで、つまらんことを言うなとまた叱られた。が、なんとなく私に同情的であった。課内の若手は、酒を飲むたびに、人事が不細工な女性ばかり送りこんでくるのは課長の人事課に対する態度がよくないので、その報復なのだとぼやいていた。というのは、当社は一流会社だし（と思っていた）、場所は有楽町三信ビルにあるのだからいい娘が来るに違いない。また、他の部にはいい娘がいるのに何故だ、というのが問題であり、結局これは人事の嫌がらせに違いないという結論に達した。S嬢は一年足らず辞めて行ったが、病を得て早くに亡くなったと暫くしてから聞いた。

N課長から例年届く賀状が来ない。どうされておられるか……？と思っていると、奥様から前年に亡くなったという知らせがあり、早速弔意を表したが、日が経つにつれ課長のことが懐かしく、若さゆえ失敗ばかりしていた頃を思い出した。と、同時に昭和三十九年東京オリンピック後の四十年不況、会社の合理化案と時限スト、そして当社が全面的に親会社に吸収合併されたことなどを走馬灯のよう思い出した。

リオのオリンピック後の第三十二回大会は、二〇二〇年に東京で開催する。東京招致に熱心だった石原慎太郎、猪瀬直樹、枡添要一の元都知事達はいずれも中途半端で辞め、現在は小池百合子氏である。オリンピックでお祭り騒ぎもいいが、華美に流れることがないようにし、また治安維持は当然のこととして環境にも十分配慮した楽しい大会であること願い、四年後を楽しみにしている。

了

文学街《ぶんがくがい》　精選作品集《せいせんさくひんしゆう》

2016年11月25日　第1刷発行

編　者 ― 文学街刊行会《ぶんがくがいかんこうかい》

発行者 ― 佐藤　聡

発行所 ― 株式会社 郁朋社《いくほうしや》

〒101-0061　東京都千代田区三崎町2-20-4
電　話　03（3234）8923（代表）
ＦＡＸ　03（3234）3948
振　替　00160-5-100328

印刷・製本 ― 日本ハイコム株式会社

落丁、乱丁本はお取り替え致します。

郁朋社ホームページアドレス　http://www.ikuhousha.com
この本に関するご意見・ご感想をメールでお寄せいただく際は、
comment@ikuhousha.com　までお願い致します。

 ISBN978-4-87302-632-9 C0093